El Valle de los Reyes

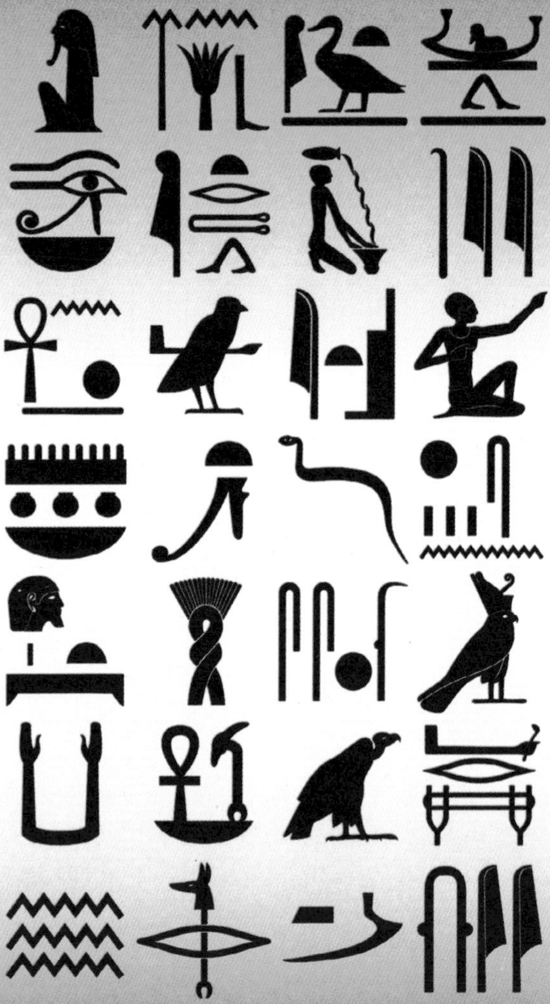

LIBRO 3

EL VALLE DE LOS REYES

HROP

WITHDRAWN

LIBRO 3

EL VALLE DE LOS REYES

Traducción de Victoria Simó Perales

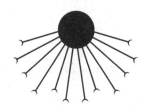

PUCK

Argentina – Chile – Colombia – España
Estados Unidos – México – Perú – Uruguay – Venezuela

Título original: *Tombquest - Book III – Valley of Kings*
Editor original: Scholastic Inc., New York
Traducción: Victoria Simó Perales

1.ª edición Octubre 2016

ISBN: 978-84-96886-59-9
E-ISBN: 978-84-16715-27-5
Depósito legal: B-19.176-2016

Fotocomposición: Ediciones Urano, S.A.U.

Impreso por: Rodesa, S.A. – Polígono Industrial San Miguel
Parcelas E7-E8 – 31132 Villatuerta (Navarra)

Impreso en España – *Printed in Spain*

**Para Ronald Martin Solan
Artista, soldado de Porter Street**

Índice

Fantasmas hambrientos

Se llamaba Abdel. Tiempo atrás, la gente lo conocía como el señor Shahin, capataz de diez trabajadores. Pero había ido a menos, como tantos otros habitantes de El Cairo. Ahora era un hombre digno enfundado en un traje barato; un buen tipo que frecuentaba malas compañías. La desesperación lo había empujado a ello, pero estaba preocupado.

—¿Y cuál es el trabajo ese del que me hablaba? —preguntó, haciendo esfuerzos por contener el temblor de su voz.

El altísimo hombre que lo acompañaba respondió con las mismas tres palabras que la última vez.

—Ya lo verá.

Abdel lo miró de soslayo. ¿De verdad aquel tipo era el mandamás de la Orden, el culto criminal que pululaba por Egipto desde hacía miles de años? Sin duda daba la talla. Era alto y fuerte, y su traje debía de costar más que el coche de Abdel. Portaba una bolsa de cuero, elegante y de buen tamaño, debajo del brazo.

—Nada ilegal —añadió Abdel—. Me lo prometió…

—Pues claro que no —repuso el hombre con un amago de risa en su voz fría y monocorde—. Como ya le dije, necesitamos su ayuda.

Asintiendo, Abdel se obligó a pensar en los alimentos que podría comprarle a su familia e incluso, quizás, esos regalos de cumpleaños que desde hacía tiempo les debía a sus hijos. Pese a todo, se preguntó qué clase de ayuda podía prestar él en un destartalado almacén de las afueras de la ciudad.

Los pasos de la pareja retumbaron en la enorme nave según se acercaban a una pesada puerta metálica.

—Ya estamos —anunció el líder de la secta.

Abdel contempló la gruesa aldaba de metal que atrancaba el portalón mientras el desconocido tomaba el maletín que llevaba debajo del brazo y procedía a descorrer la cremallera.

—Le ruego disculpe mi cambio de aspecto —dijo el hombre, que sacó una máscara de oro macizo y dejó caer la bolsa al suelo—. Pero, como ya sabe, somos una organización muy antigua y debemos respeto a ciertas… tradiciones.

Hasta ese momento, Abdel había albergado la esperanza de que aquellas «tradiciones» fueran rumores o exageraciones, pero en ese instante tuvo que aceptar la realidad. Miró la máscara de hito en hito. Representaba la cabeza de un buitre egipcio y estaba fabricada en oro labrado con exquisitez, con todas las marcas y pliegues de la piel. El afilado pico era de hierro forjado. El jefe se la colocó con cuidado y, cuando habló, sus palabras sonaron distorsionadas bajo el metal:

—¡Abra la puerta!

Abdel comprendió de repente que había pactado con el diablo. Supo que debía negarse, que debía huir. Y sin embargo, la poderosa voz atronó en su mente privándole así del libre albedrío. Con los ojos desorbitados de miedo, observó cómo su propia mano empujaba la aldaba hacia arriba y la atraía luego hacia sí. La puerta empezó a traquetear contra sus goznes y nuevas voces llegaron a sus oídos. Un coro de susurros siniestros zumbó a su alrededor, y el calor de su piel mudó en helor.

Sonó un golpe metálico cuando la aldaba cayó a un lado.

Súbitamente la puerta se abrió hacia dentro. Al hacerlo, liberó una vaharada de aire estancado y una nube de funestos murmullos, tan poderosos que Abdel notó su caricia como lenguas viperinas en la piel. Y por un momento —por un instante breve y espantoso— lo vio.

Una abominación.

—Esto… no debería… —consiguió farfullar.

Dos poderosas manos lo empujaron, dos fuertes palmas que le abofetearon la espalda.

—¡Uf! —exclamó cuando se internó trastabillando en la sala. La puerta se cerró a su espalda y, en la repentina oscuridad, oyó cómo la barra de hierro atrancaba la puerta otra vez.

Diez mil susurros formaron una palabra —bienvenido— antes de romperse en pedazos. Liberados, los pesados bisbiseos le rasgaron la carne, y ya no eran lenguas sino dientes. Cada uno agarró un trozo, lo arrancó, la engulló. No era su cuerpo lo que estaban devorando sino su alma. Las consecuencias fueron las mismas. El pulso se le aceleró un instante de miedo y dolor.

Y entonces se tornó más pesado.

Más lento.

Y, por fin, se paró.

Los restos de su alma abandonaron el cuerpo para ser destrozados, devorados.

Abdel Shahin era un buen hombre. Fue eso lo que más les gustó.

En otra zona del viejo almacén, un segundo hombre emergió de las sombras. Se había mantenido al margen durante el banquete y ahora miraba nervioso la puerta atrancada. Era poco más que

13

un ridículo decorado; lo sabía. Nada podía mantener a raya lo que simulaba retener. En cierto sentido, aquello ya campaba a sus anchas.

El hombre apartó los ojos de la puerta.

—Nuestro confidente nos ha proporcionado información —dijo.

—¿Ya han llegado los guardianes del amuleto? —preguntó el jefe, que ahora guardaba con sumo cuidado la pesada máscara en la bolsa de cuero.

—Sí —repuso el hombre—. Están aquí.

—¿Y Peshwar los espera? —quiso saber el líder.

El otro titubeó.

—Sí, pero… ¿estás seguro de que debe hacerse así? Si les damos más tiempo, si los seguimos… podrían conducirnos hasta los Conjuros.

—No —repuso el mandamás en un tono carente de emoción—, ya nos han fastidiado bastante. Los interceptaremos. Deshazte de los demás, pero tráeme al chico. Si sabe algo de su madre, se lo arrancaremos.

El hombre asintió. Llevarle la contraria al jefe equivalía prácticamente a un suicidio.

—Ya se lo he dicho a Peshwar, pero ella no conoce la piedad. Temo que los mate y que lo que sea que sepan muera con ellos.

—Pues dile que lo considere una tortura —propuso el líder a la vez que cerraba la cremallera—. A los gatos les encanta jugar con sus presas.

Las voces de los muertos

Solo la delgada chapa del descacharrado taxi separaba a Álex Sennefer de una ciudad en guerra consigo misma. El vehículo sorteaba el caótico tráfico de El Cairo mientras, en la radio, los locutores informaban a voz en grito de la ola de crímenes del siglo. Sin embargo, cada vez que el taxi pasaba zumbando junto a una patrulla de policías armados hasta los dientes, Álex tenía la sensación de que los agentes se apiñaban más para protegerse entre ellos que para defender a la población.

Echó una ojeada a sus compatriotas, que compartían el taxi con él. Su atlético primo mayor, que viajaba a su lado vestido como para jugar un partido de baloncesto, y la mejor amiga de Álex, Renata Duran, apenas visible al otro lado de Luke. El asiento delantero estaba ocupado por el misterioso doctor Ernst Todtman y el conductor del taxi, que presionó el claxon con fuerza.

Álex dio un bote al oír el ruido. Tenía los nervios de punta y albergaba lúgubres pensamientos. Intentó desconectar del caos que reinaba en la capital de Egipto para rememorar su viaje a Inglaterra. Una vez más, vio al hombre de la espeluznante máscara y oyó las preguntas que este le había formulado a gritos en el misterioso sepulcro enterrado bajo el cementerio de Highgate.

«¿Dónde está tu madre, niño?» Recordaba las palabras con tanta claridad como si el hombre viajara en el taxi con él.

Ahora bien, de haber sido así, uno de los dos ya estaría muerto a esas alturas, eso seguro. El hombre en cuestión era Ta-mesah, uno de los altos mandatarios de la Orden; la máscara, una poderosa reliquia en forma de cabeza de cocodrilo y capaz de infligir un tremendo sufrimiento, como Álex sabía por propia experiencia. «Debe de estar en la Tierra Negra», había vociferado Ta-mesah. «Dinos dónde exactamente.»

Y ahora Álex se encontraba en Egipto, la Tierra Negra, denominada así a causa del suelo fértil y oscuro que se extendía a orillas del río Nilo.

Aquellas palabras lo habían cambiado todo. Antes de oírlas, Álex daba por supuesto que la Orden había secuestrado a su madre. Que se la había llevado y había robado los Conjuros Perdidos del Libro de los Muertos egipcio en el Museo Metropolitano de Arte de Nueva York. Sin embargo, cuando Ta-mesah lo interrogó, Álex comprendió que el antiguo culto no la había capturado; ellos también la estaban buscando. En estos momentos Álex y la Orden competían por encontrarla antes que el otro y, junto con ella, quizá los Conjuros también.

Su madre había empleado el inmenso poder de los Conjuros para arrancar a Álex de las garras de la muerte, pero al hacerlo había abierto sin querer un portal al más allá, liberando así a unos antiguos demonios conocidos como los Caminantes de la Muerte. Y los siniestros seres se habían aliado con la Orden en pos de un siniestro objetivo que Álex no quería ni imaginar.

Cuánta maldad se había desatado solo para salvarle la vida. Lo invadió el sentimiento de culpa que tan bien conocía, el mismo que le hundía los hombros y le retorcía las tripas cada vez que lo pensaba.

El tráfico se tornó más lento y el aire acondicionado del taxi se apagó con un último estertor. El conductor gritó algo en árabe y pulsó un botón para bajar las ventanillas. Una ráfaga de aire caliente golpeó a Álex en la cara. No era tan agobiante cuando el vehículo se movía, pero al cabo de un momento el taxi se paró del todo. Una mezcla tóxica de olores se coló en el aire inmóvil: la basura amontonada en la acera, los humos sulfurosos del tráfico y la espesa nube de contaminación que cubría la ciudad.

—¡Puaj! —exclamó Luke a la vez que se tapaba la cara con las manos.

—¿Sabíais que…? —empezó a decir Ren a la vez que se echaba hacia delante para subir su ventanilla. Álex sonrió a pesar del pestazo. «Sabíais qué…» eran las dos palabras favoritas de su amiga. Ren prosiguió—: ¿…vivir en El Cairo equivale a fumar un paquete de cigarrillos diario?

Álex echó un vistazo a la ciudad. El día llegaba a su fin y el cielo se oscurecía doblemente según la penumbra del atardecer se unía a la densa polución. A lo lejos, los edificios desaparecían detrás de la neblina gris.

—El aire no es lo peor ahora mismo —comentó el conductor con un marcado acento árabe—. La ciudad se ha vuelto loca.

A Álex se le saltaban las lágrimas por culpa de los fuertes efluvios. Cuando se levantaba la camiseta para taparse la nariz y la boca con la tela, oyó gritos en la acera. Volviendo la cabeza, avistó a una mujer estrellándose contra el escaparate de una pequeña tienda. La mujer trastabilló por el interior del local entre una lluvia de cristales rotos.

—¿Se habrá hecho daño? —balbuceó Ren.

En el mismo instante exacto, Luke exclamó:

—¡Qué loca!

Cuando el tráfico volvió a avanzar a su paso de tortuga, el taxi reanudó la marcha. Mientras se alejaban, Álex clavó la mirada en el escaparate roto, tratando de atisbar algún movimiento en el sombrío interior de la tienda.

17

—¿Por qué habrá hecho eso? —preguntó sin dirigirse a nadie en particular.

Le respondió el taxista.

—Dicen que las voces de los muertos flotan ahora por la ciudad —explicó—. Transportadas por el viento. Mienten, dicen la verdad, qué más da. Siembran rabia y tienen malas intenciones.

—Ya, pero eso ha sido una ida de olla total —observó Luke.

El conductor guardó silencio, seguramente para descifrar el significado de «ida de olla».

—Eso —respondió por fin— no ha sido nada.

Su tono sugería que daba el tema por zanjado, pero Todtman lo azuzó.

—¿Usted ha visto algo más? —le preguntó.

Sopesando si responder o no, el taxista hizo una pausa. Luego inspiró profundamente y contestó:

—Ayer por la noche tuve que ir al hospital. Apuñalaron a mi mujer.

Álex oyó cómo Ren contenía una exclamación.

—Lo siento —dijo Todtman, pero el conductor desdeñó el asunto con un gesto de la mano. Ahora que había empezado, parecía decidido a entrar en detalles.

—Se recuperará —afirmó—. Pero el hospital parecía un campo de batalla y nos marchamos antes de que el médico la examinara. Desconfiamos de él.

—¿Por qué? —preguntó Todtman, pinchándolo con delicadeza.

—Porque atacó con una muleta al paciente anterior. Era tarde, ¿saben? —el hombre se detuvo una vez más para elegir las palabras—, y las voces empeoran por la noche.

Álex miró por la ventanilla el cielo del anochecer y un escalofrío de miedo le recorrió el cuerpo.

El taxi se arrimó a la acera y se detuvo en seco por última vez.

—Hemos llegado —anunció el conductor—. Buena suerte.

18

Entre la espada y la pared

Tras deslizarse por el asiento del taxi, Álex se plantó en la acera. Momentos después, los tres amigos transportaban el equipaje hacia un gran complejo de apartamentos. Ren y Todtman arrastraban elegantes maletas con ruedas mientras que Álex y Luke acarreaban pesados maletones.

Todtman encabezaba la marcha a un paso una pizca aminorado por una evidente renquera. A Álex le bastaba guiarse por el oído —el rumor de la maleta y el regular repiqueteo del bastón negro— para seguir al viejo erudito, así que dejó vagar la vista. La ciudad era extraña e inhóspita, pero sus ojos buscaban algo que conocía muy bien: a su madre.

Sabía que era de locos pensar que iba a cruzarse con ella en una ciudad de millones de habitantes. Pero últimamente la locura era el pan de cada día. Todo el mundo daba por supuesto que la mujer se encontraba en Egipto y ahora estaban en la capital, a pocas manzanas de la mayor colección de tesoros egipcios de todo el mundo. Antes de que su madre usara los Conjuros Perdidos, Álex siempre había estado demasiado enfermo o delicado como para acompañarla cuando visitaba el país por trabajo. Para compensarlo, su madre le describía las calles de El Cairo y las maravillas que albergaban mientras le contaba historias reales que parecían cuentos de hadas. *¿Qué mejor lugar que este para encontrar a una egiptóloga desaparecida?*, pensó.

Vio a una mujer de cabello castaño idéntico al de su madre y se volvió a mirar tan deprisa que por poco se disloca el cuello. *Nada. No es ella.*

Echó un vistazo a Ren para saber si su amiga se había percatado de su absurda reacción, pero ella estaba contemplando los edificios, absorta en los ángulos y en la arquitectura. Había heredado la costumbre de su padre, un ingeniero de renombre que trabajaba con la madre de Álex en el Museo Metropolitano de Arte de Nueva York.

¡Una coleta! ¡Un traje sastre! Álex volvió la cabeza otra vez. No era ella.

Dirigió la vista hacia el complejo de apartamentos. Estaba protegido por un alto muro de ladrillos y Todtman los estaba guiando hacia la única entrada, situada en el centro de la muralla. En teoría, se alojarían allí. El contacto de Todtman en el Consejo Supremo de Antigüedades, el poderoso organismo encargado de conservar los tesoros de Egipto, les había reservado el alojamiento.

Álex renunció a buscar a su madre entre los transeúntes e intentó centrarse. *Ahora mismo se cuecen cosas más importantes*, se dijo, pero incluso aquella frase era una máxima de su madre y le recordó sus horribles guisos. *¿Qué es?*, preguntaba Álex cuando ella aparecía con el mejunje de turno. *Carbón*, respondía la mujer, una broma privada que a menudo resultaba ser verdad.

A lo mejor me encuentra ella a mí, se consoló, pero la idea era absurda. Si su madre quisiera encontrarlo, lo llamaría por teléfono y en paz. *Y entonces ¿por qué no lo hace?*, pensó por enésima vez. Miró el móvil. Nada. Si realmente andaba por ahí —si de verdad tenía los Conjuros Perdidos, como todo el mundo daba por supuesto—, ¿por qué no lo llamaba y le decía dónde se encontraba? *Sus razones tendrá*, discurrió. *Pero ¿qué razones son esas?* Álex estaba tan abstraído que no se percató de que el repiqueteo del bastón de Todtman había cesado… hasta que se estampó de bruces contra la espalda del alemán.

—Perdón —se disculpó a la vez que se apartaba. Y chocó con Ren.

—¡Eh! —protestó ella.

—¿Qué pasa? —preguntó Luke, que se detuvo tan fresco junto a la maraña de cuerpos.

Todtman les hizo señas de que se callaran —*silencio, por favor*— y luego les indicó por gestos que se echaran a un lado.

—¡Aquí! —los apremió en susurros, señalando un tramo de pared situado junto a la entrada.

Álex comprendió que estaban en apuros cuando Todtman levantó a pulso la maleta y prefirió cojear en silencio —y con dolor— a usar el bastón. Los demás se acurrucaron contra la pared, a su lado.

—No creo que nos haya visto —dijo el doctor Todtman, que ahora señalaba a algún enemigo invisible agazapado en el complejo. De ojos saltones y barbilla hundida, su cara siempre recordaba a una rana, pero el miedo acentuaba el efecto.

—¿Quién? —le preguntó Álex según dejaba la maleta en el suelo.

—Entonces ¿no vamos a entrar? —protestó Luke en voz demasiado alta. Era rápido de reflejos pero algo duro de mollera.

Los otros dos lo hicieron callar.

—Peshwar —respondió Todtman como si nombrara una horrible enfermedad—. También pertenece a la Orden. Y, por lo que parece, nos está esperando.

Álex pegó la espalda a la pared. Los ladrillos aún retenían el calor del tórrido día egipcio pero las palabras de Todtman le provocaron escalofríos. *¿Cómo ha sabido dónde nos alojaríamos?*

—No podemos quedarnos aquí —sentenció el profesor.

Álex alzó la vista al cielo —ahora turbio como lana gris— y las palabras del taxista resonaron en su mente: *Las voces empeoran por la noche.*

—Tendremos que hospedarnos en otra parte —decidió Todtman—. Tengo un amigo que vive aquí... Hace años que no lo veo, pero quizá...

De repente oyeron unos pasos que se acercaban por el otro lado del muro: el enérgico golpeteo de unos buenos zapatos contra las losas del camino. Álex se aplastó contra la pared aún más si cabe. Casi sin pensar, rodeó con la mano el antiguo escarabeo que llevaba colgado al cuello debajo de la camisa. El pulso se le aceleró y su mente se apaciguó según la magia de la reliquia lo recorría.

Un hombre ataviado con un traje ligero, de un tono tostado, cruzó la entrada y se volvió a mirarlos. Sus ojos fríos destellaron cuando los reconoció.

—¡*Walak!* —gritó en árabe antes de volverse y hacerle señas a quienquiera que tuviera detrás. Era un sicario de la Orden y estaba pidiendo refuerzos.

Álex aferró su amuleto con la mano izquierda al tiempo que levantaba la derecha para lanzar una flecha de viento concentrado que empujó al hombre contra la pared.

—¡Ugh! —exclamó el tipo cuando se golpeó la cabeza contra los ladrillos, justo antes de caer inconsciente.

Por desgracia, aunque había reaccionado deprisa, Álex no había llegado a tiempo.

Nuevos pasos resonaron en el interior del complejo. Una estampida de gorilas se dirigía hacia ellos.

—¡Vamos! —gritó Ren.

Luke, atleta de élite con ínfulas olímpicas, adoptó la pose del corredor. Pero Álex sabía que no irían a ninguna parte. La pierna izquierda de Todtman aún sufría las secuelas de la picadura de escorpión que había sufrido en Nueva York. Cuando se volvió a mirarlo, vio cómo el amuleto conocido como «el observador», un halcón con dos gemas por ojos, desaparecía en su mano.

—¡*Ahlan!*—gritó el erudito.

Era una de las pocas palabras en árabe que Álex conocía, un saludo normal y corriente. Los curiosos que se habían parado a mirar al sicario inconsciente se volvieron hacia Todtman con repentina atención. De inmediato, corrieron a la abertura de la pared y crearon una sólida barrera humana. El observador servía para algo más que para observar…

—¡Seguidme! ¡Dejad las maletas! —ordenó Todtman, cuyo bastón ya repiqueteaba contra la acera.

Álex echó un vistazo a las personas que bloqueaban la entrada. Formaban una prieta amalgama de brazos y piernas entrecruzados, pero vio otros brazos, otras manos. Los sicarios de la Orden se estaban abriendo paso por la fuerza.

En aquel instante, un fogonazo de luz escarlata iluminó el ocaso egipcio y las personas que protegían la puerta empezaron a desplomarse.

—¡Por aquí! —gritó Todtman, que cortó un doble segmento de cinta policial con un golpe de bastón y se internó en una calleja.

Habían viajado a Egipto para luchar contra los Caminantes de la Muerte, para encontrar los Conjuros Perdidos y, con algo de suerte, para dar con la madre de Álex. Pero, una vez más, los perseguidores habían mudado en presas.

Álex corría por el callejón a la misma altura que Ren. Todtman cojeaba medio paso por delante y Luke se había quedado atrás para defender la retaguardia.

Ren le lanzó a Álex una mirada fugaz: *Ya estamos otra vez.*

El amuleto de Ren, un ibis que cayó en sus manos en las profundidades del cementerio de Londres, rebotaba bajo su cuello.

A diferencia de Álex, no lo había estrechado en el puño durante el altercado. Ren no acababa de fiarse del talismán —ni de la magia que albergaba— aunque a Álex le habría encantado que lo hiciera. Porque podía proporcionarles aquello que más necesitaban ahora mismo: respuestas.

Mientras el cielo se oscurecía en lo alto, el callejón que dejaban atrás se iluminó con un fulgor rojizo y brillante. Un grito cortó el aire como un cuchillo.

Pasos. Voces.

—No podré dejarlos atrás —jadeó Todtman, cuya pierna herida le arrancaba muecas de dolor según se internaban en un callejón más despejado, que discurría tras una fila de bloques de pisos.

—Yo le ayudaré —se ofreció Ren corriendo hacia el egiptólogo. De menos de metro y medio, venía a medir lo mismo que una muleta.

Pero Todtman había discurrido otra estrategia. Levantando el bastón, señaló un pequeño garaje cuya puerta elevable estaba entreabierta.

—Nos esconderemos allí —indicó.

—¿Allí? —preguntó Ren con escepticismo.

Álex miró la franja de oscuridad que se agazapaba en el interior. No era la posibilidad de encontrar arañas, escorpiones o la basura de la semana anterior lo que le preocupaba, sino la de encerrarse en una ratonera.

De sopetón, sonaron voces en la calleja que acababan de dejar atrás. Sus perseguidores habían recuperado el rastro.

—¡Deprisa! —los apremió Todtman, que renqueó una vez más sin ayuda del bastón para evitar el ruidoso repiqueteo.

Se agachó rápidamente por debajo de la puerta elevable y los demás lo siguieron como patitos en fila. Álex se acuclilló bajo la luz grisácea del callejón y luego se incorporó en la más absoluta oscuridad. Le bastó respirar una vez para saber que había acertado: el garaje apestaba a basura.

—Tenemos que cerrar la puerta —dijo el profesor.

Luke ya la estaba empujando.

—Está atascada —gruñó—. No hay manera.

—Apártate, por favor —pidió Todtman—. ¿Álex?

El aludido rodeó el amuleto con la mano y notó la descarga eléctrica de los poderes mágicos reptando por sus venas. A pocos pasos de él, Todtman hacía lo propio.

—Ya —susurró el alemán.

Álex levantó la mano derecha, abrió los dedos y desplazó la mano hacia el suelo, despacio. La puerta estaba torcida, colgando de un lado. *El otro está obstruido*, pensó Álex, y se concentró en ese extremo. La vieja hoja gimió pero apenas se movió; se limitó a temblar y a desplazarse una pizca.

—Sigue —ordenó Todtman.

Álex empujó con más fuerza. El profesor debió de hacer lo propio, porque súbitamente la puerta se cerró con un tembleque metálico.

¡Qué escándalo!, pensó Álex.

Si los sicarios de la Orden habían alcanzado ya el callejón de servicio, el grupo de amigos acababa de cerrar la tapa de su propio ataúd.

Todos contuvieron el aliento.

Álex se arriesgó a susurrar unas palabras.

—Ren, utiliza tu amuleto. ¿Ves algo?

No recibió respuesta.

En la oscuridad de aquella apestosa lata de sardinas, no sabía si Ren lo había ignorado o si ya sostenía su misterioso ibis e intentaba descifrar la imagen que el amuleto proyectaba en su mente.

Oyó pasos. Voces.

Los sonidos atravesaron la puerta con tanta claridad —conducidos por el metal— que Álex se preguntó fugazmente si los escandalosos latidos de su propio corazón se oirían al otro lado.

—Ha sonado como si hubieran tropezado con algo —dijo uno de los sicarios—. Inspeccionad el suelo.

Álex trató de contar los pasos. *¿Cuántos matones habrá ahí fuera?* En aquel momento, otra voz captó su atención.

—El alemán intentará controlaros la mente. —Era una voz femenina, seca y chirriante, tan desolada como el viento del desierto—. No lo miréis a los ojos. Disparadle a él en primer lugar.

Pistolas. En Londres, los sicarios de la Orden solo llevaban cuchillos. *Aquí no temen que la policía los detenga,* comprendió Álex. *Estamos en su territorio y van a por todas.*

Alex oyó un ruidito que parecía proceder de la parte trasera del garaje, como gotas de lluvia o unos pasos quedos.

—¡Esperad!

Era una voz masculina y había sonado al otro lado de la puerta.

Álex se puso en guardia. Imaginó que la puerta se abría de golpe y las balas surcaban la oscuridad. Su amuleto poseía grandes poderes, pero no se hacía ilusiones: no detendría las balas. Le invadió una sensación de desesperanza. Un miedo repentino a que su madre nunca supiera qué había sido de él; ni Álex lo que le había sucedido a ella.

Otro ruido, más apartado, como una fuerte palmada.

—¡Aquella puerta! —exclamó el mismo hombre de antes—. ¡Alguien acaba de cerrarla!

Otra vez pasos, en esta ocasión rápidos y cada vez más alejados.

—¡Por aquí! —cuchicheó Todtman. Una luz mortecina se coló en el garaje, un rectángulo gris que apareció en la pared cuando el doctor abrió una puerta lateral—. Deprisa —susurró—. No tardarán mucho en comprender su error.

Oyeron un estrépito a su espalda cuando los sicarios derribaron la puerta que alguien acababa de cerrar. La madera se astilló y Álex se volvió justo a tiempo de ver a la última figura de la fila entrar con sigilo en la casa, una mujer muy delgada con el rostro oculto bajo una máscara blanca: el cráneo de una leona. Un estremecimiento le recorrió el cuerpo. Peshwar.

Según la mujer se perdía de vista, un fulgor rojo inundó el umbral. La Orden había seguido la pista equivocada y alguien acababa de pagar por ello.

Todtman los condujo al fondo del callejón. No se arriesgó a usar el bastón hasta que hubo tomado una calle secundaria. Según se alejaban de las avenidas principales, la ciudad cambiaba. Las casas eran más pequeñas y estaban más apiñadas; todo era cemento o ladrillo en tonos grises, marrones o tostados. Famélicos perros abandonados escarbaban en la basura amontonada. Uno de aquellos chuchos empezó a seguirlos y no con buenas intenciones. Tenía el pelaje sucio y apelmazado, y una espuma blanca le goteaba amenazadora de la boca.

Aquí y allá, apetitosos efluvios de guisos y hierbas aromáticas salían flotando de las ventanas abiertas. Pero también discusiones escandalosas y airadas. Las sirenas de los servicios de emergencia ululaban por las angostas callejas.

El anochecer los envolvió como un manto gris y las primeras farolas empezaron a brillar. Álex temía más aquellas luces que la oscuridad absoluta. A oscuras, como mínimo, podías esconderte.

—¿Qué ha pasado en aquella puerta? —preguntó.

—Alguien ha escogido el peor momento para sacar la basura —dijo Ren.

—Pues por poco nos añaden al montón —terció Luke—. Tenían pistolas y puede que un láser o algo así. ¡Esos tíos querían montarse una partida de *Call of Duty* a nuestra costa!

—Eso no era un láser —señaló Álex.

Luke lo miró y luego echó un vistazo al escarabeo, que reflejaba el pálido fulgor de las farolas. Atando cabos, dijo:

—Vale, chico escarabajo, pues un láser mágico. Un *máser*. Sea como sea, no quiero que me apunten con él…

Un gruñido grave se elevó tras ellos. Se volvieron a mirar. El perro sarnoso les pisaba ahora los talones. Cuando pasó por debajo de una farola, la luz arrancó reflejos a la espuma blanca que le rodeaba la boca. Todtman los obligó a alejarse por otra calle secundaria.

—¿Cree que hemos despistado a Peshwar? —preguntó Álex.

—No dejará de perseguirnos hasta que la cacería haya terminado —repuso el profesor—, para bien o para mal.

Unas manzanas más adelante, Todtman se detuvo frente a un ruinoso almacén de tres plantas. Tenía las ventanas clausuradas o pintadas, y la puerta principal estaba forrada de notificaciones del ayuntamiento: EDIFICIO EN RUINAS.

—Ejem, chicos —dijo Ren. El perro estaba allí otra vez y ahora la acechaba a ella: la más débil de sus presas. Instintivamente, Álex se interpuso entre su amiga y el mugriento chucho. Ahora el perro estaba muy cerca, a un salto y un mordisco de distancia. No quería hacerle daño al animal, pero… Acercó la mano al escarabeo al tiempo que volvía la vista hacia Todtman, que estaba plantado junto a la puerta.

—¿Cómo entramos? —preguntó Álex—. Ni siquiera hay timbre.

—No exactamente —respondió Todtman, que ya rodeaba su amuleto con el puño.

Casi al momento, Álex percibió movimiento en el interior.

Se oyeron voces al otro lado de la puerta y el perro perdido ladeó la cabeza. *Recuerdos del hogar que tuvo en otro tiempo*, se compadeció Álex, y soltó el amuleto. *Pobrecito*.

Las sirenas ulularon a lo lejos; en alguna parte, sonó un disparo.

La puerta se abrió y el perro rabioso se escabulló.

Shangri-la

La puerta se cerró tras ellos con un portazo hueco. El hombre que les había cedido el paso respiró aliviado de dejar fuera el caos de El Cairo.

—Hola, soy Jinn —se presentó. Un marcado acento egipcio adornaba su fluido inglés—. No es mi verdadero nombre, claro. Y esto es mi pequeño Shangri-la urbano —señaló con un gesto la amplia sala, alumbrada con una luz tenue—. Robo la electricidad del tendido.

Álex miró a un lado y al otro. Aquel sitio parecía sacado de otro mundo o, como mínimo, de otra época. No le sorprendió ver antigüedades egipcias aquí y allá; al fin y al cabo, el hombre era colega de Todtman y estaban en Egipto. Pero nunca había visto tesoros como aquellos, tan… usados. Las hojas de una planta de interior brotaban de un macetero de alabastro que debía de contar dos mil años de antigüedad como poco. Una ajada pieza de tela abarrotada de jeroglíficos decoraba una pared como el póster de un grupo de rock.

—Muy chulo —soltó Luke—. ¿Existe la posibilidad de recuperar nuestras cosas?

Todtman rio por lo bajo.

—A estas alturas, ya se las habrán llevado y las habrán vendido. Mañana compraremos lo que nos haga falta.

—Subamos y os enseñaré vuestras habitaciones —propuso Jinn.

—Genial —repuso Luke—. Así podré deshacer el equipaje. Ay, no, si no tengo.

Sonó un correteo en el piso de arriba. Álex, Ren y Luke se quedaron petrificados con las miradas clavadas en el techo.

—¿Hay alguien más aquí? —preguntó Ren con los hombros tensos.

—Sí —respondió Jinn.

Ren empezó a relajarse.

—Pero estoy seguro de que eso eran ratas.

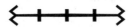

Ren yacía despierta en la cama, preguntándose cómo era posible que un edificio estuviera abandonado y habitado al mismo tiempo. Entendía que alguien optase por dar a su casa un aspecto deshabitado, claro que sí. Servía para desviar la atención, por ejemplo, del montón de antigüedades que había en la casa. De ese modo, podías dedicarte al estudio de materias que Jinn, discretamente, había definido como «ajenas a los intereses académicos» sin interferencias.

Ahora bien, ¿por qué no aseaban un poco el interior? En aquel edificio, las ratas correteaban a su antojo por debajo de las tablas del suelo. Ratas de cloaca.

Una luz mortecina se colaba por la ventana del cuartucho de Ren junto con los siniestros ruidos que ahora poblaban la ciudad: gritos y golpes. Una sirena ululó en aquella misma calle y su luz intermitente pintó la pared de rojo, azul, rojo, azul. Se perdió a lo lejos, pero los nervios de Ren siguieron vibrando como una cuerda de guitarra. «Este edificio está protegido», les había informado Jinn sin demasiada convicción. «Pero avisadme si veis algo raro.»

En el calor de la noche, Ren se estremeció y se tapó con la fina sábana hasta la barbilla. No le daban miedo las sirenas de emergencias, ni siquiera los espíritus, sino su origen. Su mente formuló cuatro palabras, claras y horribles: Caminante de la Muerte. Estaba segura de que había uno pululando por esas calles. Sabía por experiencia la clase de plagas que provocaban en las ciudades: escorpiones en Nueva York, lluvias de sangre en Londres y ahora voces en El Cairo.

Los Caminantes de la Muerte eran tan malvados que jamás pasarían el juicio de los muertos —la prueba para acceder a la otra vida— y lo sabían. Al mismo tiempo, eran lo bastante poderosos como para no resignarse. Se habían aferrado al borde del más allá, entre la vida y la muerte, mientras aguardaban la ocasión de escapar. Una ocasión que la madre de Álex les había brindado.

Ahora campaban a sus anchas y se estaban tornando más poderosos por momentos. ¿En qué cabeza cabía que un grupito de amigos refugiado en un edificio en ruinas lograse pararles los pies a unos seres tan letales? Ren echó un vistazo al ibis mágico que reposaba en su mesilla de noche. Todtman y Álex confiaban en sus amuletos. Ella no.

El pálido ibis de piedra, una elegante ave de largo cuello, emitía un leve fulgor. Ren se lo quitaba para dormir porque no quería que perturbase su sueño con imágenes. Se preguntó qué pasaría si lo rodeara con la mano ahora mismo. La primera vez que lo usó, el amuleto proyectó en su mente imágenes diáfanas, respuestas inequívocas. Sin embargo, desde entonces, las respuestas se tornaban más turbias con cada intento que hacía de consultarlo.

Tendría que esforzarse más.

En el colegio la llamaban «Ren todo lo hace bien» por lo mucho que trabajaba y se esforzaba para sacar buenas notas. Tampoco esta vez se daría por vencida. Echó la sábana a un lado, inspiró hondo y, alargando la mano, recogió el ibis de la mesilla de noche. Formuló una pregunta mental: *¿A qué nos enfrentamos?* Luego la corrigió al vuelo: *¿Contra qué nos enfrentamos?* En el instante en que estrechó el amuleto en el puño y la energía eléctrica empezó a fluir por sus venas, las imágenes inundaron su mente.

Un viejo almacén, oscuro y desierto; uno de esos teléfonos móviles desechables que Todtman les había repartido; un remolino de arena azotada por el viento en un rocoso paraje del desierto… La rapidísima sucesión de imágenes barrió cualquier palabra y razonamiento de su mente. Soltó el amuleto conteniendo un grito y el objeto rebotó contra la mesilla de noche. *¿Qué había visto? ¿Qué significaba?*

Miró el pequeño ibis, que brillaba con suavidad a la pálida luz. Quería dejarlo allí pero se obligó a tomarlo otra vez.

—Esfuérzate más —susurró.

Ideó una nueva estrategia. Intentaría mover algún objeto pequeño o quizás abrir una puerta; cosas que los demás hacían con sus propios amuletos como si nada. Sin embargo, en cuanto cogió el ibis, otra ráfaga de imágenes la paralizó: de nuevo un remolino de arena azotada por el viento; una ladera empinada, rocosa; el sol deslumbrante. Tenía la sensación de que el amuleto le estaba gritando algo en una lengua desconocida.

¿Qué relación guardaba nada de eso con El Cairo?

Sentía que no estaba a la altura y eso la sacaba de quicio. Experimentaba la misma desagradable sensación que cuando se perdía en clase, cuando se le escapaba un concepto relevante pero le daba vergüenza pedirle al profesor que lo volviera a explicar.

33

Así se sintió cuando estudiaron los números negativos. Era una injusticia tener que aprender algo así. ¿En qué cabeza cabía que un número fuera negativo? Aprobó aquel examen por los pelos. Su padre —un hombre sumamente inteligente— intentó disimular su decepción cuando conoció la nota, pero Ren se echó a llorar de todos modos. Ahora mismo, una lagrimilla le asomaba por el rabillo del ojo y se la enjugó a toda prisa.

Devolvió el ibis a la mesilla y se dio media vuelta en la cama, de espaldas al amuleto. *A la porra los talismanes*, se dijo. No quería presentarse al examen que el objeto le planteaba, ni ahora ni nunca, sinceramente. Lo que necesitaba era un somnífero. Mañana les esperaba un día muy largo. Acudirían al Museo Egipcio, donde se reunirían con el contacto de Todtman en el Consejo Supremo. Ese fue el primer museo que cerró las puertas cuando los Caminantes despertaron y las momias empezaron a moverse. Todtman había comentado que su conocido poseía información sobre los Hechizos Perdidos, y por su manera de decirlo, en un tono entre quedo y esperanzado, cabía pensar que había algo más. Aventuras como aquella requerían todas tus energías. Se forzó a cerrar los ojos.

Y entonces oyó arañazos en la puerta.

Abrió los ojos de golpe. Aguardó, escuchó. Ahí estaban otra vez: dos arañazos más, como si unas garras pequeñas y afiladas rascaran la vieja madera, y un revelador cabezazo.

Ren echó a un lado la raída sábana y se levantó. Notó la madera grasienta y medio podrida al tacto cuando posó en el suelo los pies descalzos.

Se acercó a la puerta, esperó solo un instante y luego la abrió despacio. Un ser cruzó el umbral con sigilo y un jirón de sus raídos vendajes se enganchó un momento en el marco de la puerta. Ren contuvo el aliento; nunca acabaría de acostumbrarse a aquella imagen.

Un momento… Había visto a aquel gato momificado por última vez a más de cinco mil kilómetros de allí. Ren había recorrido la distancia en avión, pero ¿cómo la había salvado el gato? Desde luego, no sobre sus patitas.

—Marrauc —maulló el animal con suavidad.

—Hola, *Pai* —dijo Ren.

No le apetecía nada abrirle la puerta a toda la magia y el misterio que llamaba a su mundo cuidadosamente ordenado, pero estaba encantada de dejar entrar a ese extraño gato.

Al fin y al cabo, había ratas en el edificio.

Al museo

Álex estaba aprendiendo a marchas forzadas que para encontrar Caminantes de la Muerte o antigüedades egipcias extraviadas siempre había que empezar por acudir al museo más cercano. Bordearon la plaza Tahrir y atravesaron los jardines a paso vivo. No era seguro pasar mucho rato al aire libre, ni siquiera a primera hora de la mañana. Estaban en los dominios de la Orden.

A pesar de todo, Álex contempló las vistas anonadado. Las hojas de las palmeras se mecían en lo alto y el Museo Egipcio se erguía majestuoso ante ellos.

Su madre le había narrado relatos de aquel lugar igual que otras madres cuentan historias del oso Winny de Puh, pero los altos muros de ladrillo resultaban aún más sobrecogedores si cabe de lo que nunca había imaginado. En la fachada, grandes placas de mármol enumeraban las dinastías del Antiguo Egipto. Y el interior, Álex lo sabía, albergaba una colección sin parangón de obras de arte y tesoros de aquel mundo perdido.

—Sí, es una maravilla —comentó Todtman, que renqueaba detrás de él—. Pero date prisa.

Según remontaban los escalones del magnífico arco de entrada, el enorme portalón se abrió como la puerta de una cámara acorazada. Un hombre rechoncho enfundado en un traje arrugado apareció al otro lado.

—Rápido —los apremió.

Álex miró a su espalda para asegurarse de que nadie los hubiera seguido. Sin embargo, el lenguaje corporal de aquel tipo —que bloqueaba el umbral como para impedir que escapara un perro— sugería que no le preocupaba tanto lo que pudiera entrar en el museo como aquello que pudiera salir.

El pequeño grupo dejó atrás la luz deslumbrante y el calor creciente del presente egipcio para sumirse en el fresco y sombrío reino del pasado.

—Soy Hesaan y les doy la bienvenida en nombre del Consejo Supremo de Antigüedades —anunció el hombre, que dio un paso adelante para estrechar la mano de Todtman—. Sobre todo a ti, mi viejo amigo.

El discurso del hombre cesó de repente cuando el portalón se cerró y un coro de susurros maléficos y cambiantes se elevó para desvanecerse después como un revuelo de hojas secas.

—Sí —dijo Hesaan, que sin perder un momento procedió a cerrar uno a uno los enormes cerrojos con su manojo de llaves—. El museo está encantado ahora mismo. De la primera sala a la última. Toda la ciudad lo está, pero sobre todo —corrió el último cerrojo y se volvió hacia el vasto vestíbulo— este lugar.

Los ojos de Álex ya se habían acostumbrado a la penumbra pero las sombras seguían siendo tenebrosas; el silencio, cargado; el ambiente, pesado.

—¿Estamos solos? —preguntó Todtman.

Hesaan frunció el ceño.

—Nunca estamos solos, me temo —repuso—. Pero nosotros somos los únicos seres humanos que hay por aquí de momento. Las otras entradas están clausuradas y es la primera vez que abro la puerta principal en el día de hoy.

Álex comprendió la razón del traje arrugado.

—¿Duerme aquí?

—Hay que proteger los tesoros de Egipto —respondió el hombre encogiéndose de hombros—. Y nadie más quiere quedarse. Duermo en mi despacho pertrechado con un bate de críquet para ahuyentar las sombras.

Al ver que Ren se estremecía, Álex se arrimó a ella.

—¡Pero ya no estoy solo! —exclamó Hesaan, y le propinó a Todtman una palmada en la espalda tan enérgica que el otro arrugó la cara—. Por fin habéis llegado. Y tenéis algo más que bates de críquet para defendernos.

—El críquet es como el béisbol, ¿verdad? —preguntó Luke.

—Mucho mejor —replicó el hombre, pero sus ojos estaban más pendientes de los otros tres que de Luke—. Tres amuletos reunidos en una misma sala. Nunca pensé que llegaría a ver algo así.

Los ojos de Hesaan volaron a los talismanes que Todtman y Ren llevaban colgados al cuello. El de Álex permanecía oculto debajo de su camisa. El escarabeo de piedra pulida con su engarce de cobre era más aparatoso y llamativo que los otros dos. Además, le gustaba considerarlo su arma secreta: la única que podía activar el Libro de los Muertos y borrar del mapa a los Caminantes de la Muerte.

Los ojos de Hesaan se demoraron un momento en el pecho de Álex, allí donde el amuleto reposaba bajo la tela. Acto seguido se irguió y abordó sin más dilación el asunto que tenían entre manos.

—Y bien —dijo—. ¿Qué necesitas del Consejo Supremo?

Se dirigía a Todtman, pero el doctor se había vuelto a mirar la puerta. Álex se puso nervioso. No en vano el amuleto del halcón era conocido como «el observador». Dejó al erudito pendiente de sus cosas y respondió por él.

—Estamos buscando los Hechizos Perdidos —repuso.

En el mismo momento exacto, Ren dijo:

—Necesitamos el Libro de los Muertos.

—Por lo que parece, necesitáis muchas cosas —comentó Hesaan.

—Es posible que yo se lo pueda aclarar —intervino Todtman.

Los chicos escucharon con atención mientras el hombre que los había llevado hasta allí exponía los siguientes pasos a seguir.

—Ya hemos encontrado a dos Caminantes de la Muerte y nos hemos deshecho de ellos. Hay otro en El Cairo, de eso no me cabe duda, y para enfrentarnos a él necesitamos el Libro de los Muertos.

Señaló a Ren con la barbilla, y ella, sin poder resistirse, asintió con aire triunfante.

Antes de que Álex pudiera acusarla de ser una listilla, Todtman prosiguió:

—Pero creo que sin los Conjuros Perdidos, los mismos que han desencadenado todo esto, solo podemos enviar a los Caminantes allá donde estaban, aferrados al borde del más allá… aguardando a que se abra otra puerta…

Álex lanzó una mirada fugaz a Ren, que, a juzgar por su expresión, se sentía una pizca traicionada.

—Piensas que podrían volver —concluyó Hesaan.

Solo de pensarlo, Álex experimentó la misma sensación que si un témpano de hielo le recorriera la espalda.

—Sí —dijo Todtman—. Si nuestros enemigos encuentran los Conjuros Perdidos antes que nosotros, los Caminantes serán invencibles. Nada podrá detener a la Orden.

—Ya veo —repuso Hesaan, que echó a andar otra vez para guiar al pequeño grupo al interior de aquella sala vasta y sombría.

—Dijiste que sabías algo que tal vez podría interesarnos —apuntó Todtman.

—Sí —afirmó el hombre, echando un vistazo a su alrededor para asegurarse de que estaban solos—. La doctora Bauer está aquí, en Egipto. O por lo menos estuvo hace poco.

—Un momento, ¿qué? ¿Dónde? —farfulló Álex. ¡Su madre estaba en el país!

Hesaan lo miró con algo parecido a piedad en el rostro y respondió:

—Escanearon su pasaporte en Lúxor hace diez días. En el pequeño aeropuerto de la zona.

—¿Y luego? —preguntó Álex.

—Y luego, nada —replicó Hesaan—. Es una ciudad mucho más pequeña que El Cairo y está medio desierta últimamente a causa de los problemas que asolan el país. Hay muchos miembros del Consejo allí, pero no hemos sabido nada más de ella.

—¿Y qué hacía en Lúxor? —se extrañó Todtman.

—Tengo una teoría —dijo Hesaan—. Creo que halló los Conjuros Perdidos cerca de Lúxor de buen comienzo; en el Valle de los Reyes.

Señaló la amplia mesa que se extendía ante él.

Una maqueta grande y profusamente detallada de un paisaje desértico la cubría. Las colinas y los valles aparecían recortados por algunas zonas con el fin de mostrar vistas laterales de las cámaras subterráneas. Tumbas. Observando el modelo, Álex reconoció algunos monumentos famosos: el templo de Hatshepsut, vistas laterales de las tumbas mayores y más ornamentadas y luego una de las más pequeñas pero también más famosas, la del rey Tutankamón.

—¿Maggie encontró los Conjuros Perdidos en el Valle de los Reyes? —quiso saber Todtman.

—No puedo afirmarlo con seguridad —reconoció Hesaan—. Pero cuando los trajo por primera vez, llegó en un tren nocturno procedente del valle. No me dijo dónde había hallado los ensalmos exactamente cuando le pregunté. El emplazamiento había permanecido intacto durante miles de años. Supongo que quería protegerlo.

40

Todtman estudió a Hesaan con atención.

—Y tú piensas que ha regresado a Lúxor para devolver los Conjuros a su escondrijo.

Hesaan le devolvió la mirada.

—¿Qué otra cosa pudo llevarla allí?

Un súbito chirrido resonó en la sala. Esta vez no se trataba de un susurro fantasma. Alguien estaba abriendo la puerta principal.

Hesaan miró las llaves que había usado para cerrarla. Seguían en su mano.

El sol de la mañana inundó el gris turbio del museo. Durante un instante fugaz, la silueta de una figura aislada se recortó contra el resplandor: muy delgada, con la cabeza oculta bajo un cráneo de leona.

—Peshwar —susurró Todtman.

En aquel momento, otras figuras asomaron junto a la primera.

Un mazo de demolición al rojo vivo

—El Consejo Supremo os prohíbe la entrada —gritó Hesaan, un hombre valiente donde los haya aun sin el bate de críquet.

—Las entidades gubernamentales no tienen ningún poder sobre nosotros —replicó Peshwar con su voz áspera y chirriante—. Ahora, nosotros dictamos la ley.

¿Cómo había deducido la Orden que los encontraría en el museo? Los amigos habían tomado todas las precauciones habidas y por haber para evitar que los siguieran pero, una vez más, allí estaban. Y en esta ocasión Peshwar había esperado a que los guardianes estuvieran dentro; a tenerlos a su merced.

Cuando la mujer cruzó la puerta, Álex se percató de que en realidad no portaba una máscara. Se trataba del cráneo auténtico de lo que en su día fuera una enorme leona. Miraba a través de las cuencas oculares del hueso blanqueado y había reemplazado el traje chaqueta del día anterior por una pesada túnica de color rojo sangre.

Hesaan mantuvo su pose desafiante, erguido en mitad de la sala, pero ahora habló en un tono más quedo, apenas lo bastante alto para que lo oyeran los que tenía alrededor.

—Preparaos para salir corriendo.

Un tipo flaco de rostro inexpresivo entró detrás de Peshwar y otro se dispuso a seguirlo.

La mano izquierda de Álex rodeaba ya el amuleto. Notó el pinchazo de las alas de cobre en la palma y la descarga de la adrenalina en las venas. Su mente se despejó antes de formular un único pensamiento, claro como el cristal:

Ya corrimos bastante ayer.

Su mano derecha salió disparada hacia arriba con los dedos entreabiertos. El escarabeo representaba la resurrección en el Antiguo Egipto y el amuleto guardaba relación con la vida, la muerte y el renacimiento. Pero todo eso adoptaba formas diversas en aquella tierra árida. *El viento que precede a la lluvia…* Según formulaba las palabras mentalmente, una columna de cálido viento se elevó en el aire y se desplazó hacia la entrada. Delante de Álex, el cristal de las vitrinas tembló y las estatuas se tambalearon. Álex unió los dedos y el viento se concentró a la vez que adquiría mayor potencia.

Azotada por el súbito vendaval, la leona trastabilló hacia atrás con la túnica pegada al cuerpo. El sicario de la Orden la sujetó para que no perdiera el equilibrio y, juntos, echaron a andar como marinos que capean un temporal en el muelle. Si alguno de los dos hubiera sido el objetivo, el ataque habría fracasado. Pero Álex tenía otro propósito en mente.

El portalón se cerró de golpe. Un crujido pastoso acompañado de un patético gemido llegó a sus oídos por encima del furioso viento cuando la puerta pilló al hombre que la estaba cruzando con un brazo a un lado y el cuerpo al otro.

—Le quedará cicatriz —dijo Luke con una mueca de dolor.

Álex recuperó la concentración justo a tiempo de ver el resplandor rojo oscuro que brotaba de la mano cerrada de Peshwar hasta transformarse en algo parecido a un carámbano: una flecha afilada e irregular de luz roja. Apenas creada la daga, la mujer tomó impulso con el brazo por encima de la cabeza.

—¡Cuidado! —gritó Todtman.

Peshwar desplazó la mano como si tirara una piedra y la fulgurante daga de energía voló por el aire… directamente hacia Ren. Cuando miró a su amiga, Álex advirtió que observaba el brillante misil con los ojos entornados, como si quisiera descifrarlo más que evitar su impacto. Saltó hacia ella con las manos extendidas para empujarla. Según Ren trastabillaba hacia atrás, ya fuera de la trayectoria, la flecha de luz rojo sangre atravesó el brazo izquierdo de Álex a la altura del codo. Notó un dolor lacerante, como si alguien le hubiera golpeado el hueso de la risa con un mazo de demolición al rojo vivo.

—¡Ahhhh! —chilló, y cayó sobre una rodilla.

—Álex —gritó Ren desde el suelo.

Alzando la vista, Álex la vio levantarse a trompicones, una imagen deformada por las lágrimas que le inundaban los ojos. Otro proyectil de luz escarlata chisporroteó en el aire cuando Ren echó a correr hacia Álex. Ella lo esquivó con un rápido requiebro y el proyectil pasó zumbando a pocos centímetros de su barriga. Alex notó el intenso calor que desprendía… y oyó el golpe de su impacto.

—¡No! —exclamó Hesaan.

Una enorme urna de alabastro cayó de su pedestal y se hizo añicos contra el suelo de mármol. Antiquísimas cenizas flotaron alrededor de la urna antes de transformarse en un siniestro remolino. Según las partículas grises se elevaban, los susurros se alzaban con ellas, ahora más altos, más airados. La ceniza dibujó un rostro, unos ojos negros como el carbón y una boca entreabierta, antes de dispersarse y caer al suelo. Los susurros persistieron unos instantes más.

—¡No podemos luchar aquí! —gritó Hesaan en un tono suplicante y desesperado.

La leona discrepó. Se había quedado mirando el flotante rostro, pero ahora su mano emitía los destellos rojizos de una nueva daga. Tras ella, el primer sicario de la Orden liberó el brazo del segundo y tres hombres más, todos armados, cruzaron el umbral.

—¡Tenemos que largarnos! —chilló Ren.

Álex quería quedarse y seguir luchando, pero sabía que a Ren se le daba mejor que a él el cálculo de probabilidades. Los enemigos los superaban, en número y en armas.

—¡Por aquí! —vociferó Hesaan.

Estirándole del brazo bueno, Ren ayudó a Álex a levantarse.

—¿Duele? —le preguntó, jadeando del esfuerzo.

—No mucho —repuso él, pero el brazo le colgaba laxo y algo parecido a fuego le ardía dentro de la piel.

Subirse por las paredes

Usando como escudo una estatua y un sarcófago, echaron a correr.
Luke se desmarcó con el fin de emplear su rapidez y su agilidad para
desviar la atención lejos del grupo principal. Álex oyó el zumbido de
un silenciador —*¡fump!*— y al momento una bala rebotó contra la
piedra maciza del antiguo sarcófago. En cuanto los amigos doblaron la esquina, Hesaan golpeó un botón rojo y abultado de la pared.
El sistema de seguridad emitió un gemido grave y lento.

—La policía debería llegar —resopló Hesaan— en algún momento del día de hoy.

—Si acaso la Orden no los ha sobornado para que se manten-
gan al margen —resolló Todtman.

Hesaan cerró una puerta tras ellos y la aseguró rápidamente.

—Como mínimo, tardarán un rato en abrirse paso —dijo.

—Lo dudo —replicó Álex. Sabía que la máscara de Peshwar
reventaba cerraduras con tanta facilidad como su propio amuleto.
La puerta ya se estaba abriendo cuando reanudaron la huida.

—¿Adónde vamos? —gritó Ren.

—Conozco un camino —dijo Todtman por encima del frenéti-
co cliqueo de su bastón. Se volvió hacia su amigo—. ¿El viejo pasadizo sigue abierto?

—¿Cómo es posible que lo conozcas? —preguntó este.

—Olvidas —jadeó Todtman— que hice aquí mis prácticas universitarias.

Álex miró a Ren con ojos como platos: ¿Todtman *fue estudiante una vez?*

—Pues sí que es viejo este edificio —observó Luke.

Doblaron el recodo siguiente sin burlar los raudos pasos de sus perseguidores, que les pisaban los talones. Hesaan desapareció al momento en un despacho mientras Todtman se estampaba más o menos de bruces contra un trecho de pared desnuda.

—Me he equivocado de panel —gruñó con dolor.

Dio un paso rápido a un lado y golpeó el tabique con los nudillos.

En aquel momento, Hesaan salió del despacho como una centella, con un bate de críquet al hombro y una expresión maníaca en el rostro.

—¡Yo los mantendré a raya! —gritó mientras doblaba el recodo en sentido contrario.

Álex no estaba seguro de si Hesaan quería ganar tiempo para ayudarlos a escapar o intentaba proteger las antigüedades. Un poco de cada, supuso. En aquel momento sonó un golpe seco seguido del porrazo de un corpachón contra el suelo. Habían golpeado a Hesaan con la culata de una pistola.

Todtman lanzó una última y desesperada mirada hacia la esquina que su amigo acababa de doblar, pero al momento su expresión se endureció.

—¡Por aquí! —ordenó al tiempo que empujaba un panel de la pared.

Era una puerta secreta que daba acceso a un oscuro pasadizo. Todtman mantuvo el panel abierto hasta que todos hubieron pasado. Álex fue el primero en entrar. A tientas, avanzó unos pasos para dejar sitio a los demás. Cuando Todtman entró a su vez, el

47

panel se cerró y el angosto pasadizo se iluminó con la luz que emitían los ojos de su amuleto.

El pasaje era tan estrecho que solo Ren podía caminar de frente. Los demás tenían que torcer los hombros para poder pasar.

—Todo recto y luego a la derecha —susurró Todtman.

Avanzando con sigilo, procuraron apaciguar sus agitadas respiraciones. Álex se sostenía el codo herido contra el costado; le escocía horrores cada vez que rozaba la pared. Su cuerpo proyectaba una larga sombra ante él. El tufo a humedad de la vieja madera le inundó las fosas nasales y los pequeños remolinos de polvo que se levantaban a su paso lo incitaron a estornudar. Al otro lado del tabique, sonaban voces amortiguadas y golpes de objetos volcados. *Nos están buscando.* Por suerte, a medida que se internaban en el pasadizo, los ruidos iban quedando atrás.

—La salida está allí mismo —informó Todtman en susurros.

Álex tuvo que aplicarse a fondo cuando llegaron al final del túnel —estampándose contra la pared con el hombro bueno— pero los viejos paneles cedieron por fin. Aparecieron en el patio lateral del museo y el calor cayó sobre ellos como un animal al acecho.

—Y esta, ni más ni menos, es la razón de que no me gusten los museos —dijo Luke, que parpadeaba para adaptarse a la cegadora luz del sol.

—Espero que Hesaan esté a salvo —deseó Ren.

—No me puedo creer lo que ha hecho —exclamó Álex.

En tanto que Ren había hablado en un tono compasivo y preocupado, Álex estaba furioso. No podía evitarlo. Tenía tantas preguntas que hacerle a Hesaan; acuciantes dudas sobre su madre, sobre aeropuertos, pasaportes y el Valle de los Reyes. Y después de lo sucedido era posible que nunca pudiera formularlas.

—¡Extranjeros! —gritó un hombre a la vez que señalaba con furia al grupo que cruzaba el patio—. ¡La invasión ha comenzado!

48

Nadie se molestó en preguntarle qué clase de invasión podían protagonizar dos niños de doce años, uno de trece y un anciano. Todtman paró un taxi al vuelo y todos se abalanzaron al interior mientras el hombre golpeaba las ventanillas y sumaba sus propios gritos roncos a los susurros airados que invadían su pensamiento.

El viaje de vuelta al refugio duró una eternidad, pero a Álex no le importó pasar un rato descansando en lugar de andar por ahí esquivando dagas de energía. Tenía un cerco rojo en el codo, como si lo hubiera sumergido en ponche de frutas. Con sumo cuidado, trató de doblarlo. Le dolía, pero lo consiguió.

—¿Qué tal está? —preguntó Ren, que había seguido la trayectoria de su mirada.

—Mejor —repuso él—. Me ha pasado rozando, más o menos.

Le aterraba pensar lo que habría sentido en caso de impacto directo.

Bajaron del taxi delante de un edificio más presentable, a unas puertas de la guarida, y esperaron a que el vehículo se alejara antes de echar a andar calle abajo.

—¿Cómo ha ido? —preguntó Jinn cuando les abrió la puerta.

Su lenguaje corporal hablaba por ellos: Álex con el codo hecho cisco, Todtman más cojo que nunca, Luke sudoroso y agotado y Ren tan derrotada que se desplomó en la primera silla que encontró.

—Otra emboscada —informó Todtman.

—¿Os han seguido hasta allí? —quiso saber Jinn.

Todtman negó con la cabeza.

—Hemos sido muy cuidadosos… y sin embargo nos estaban esperando. Han entrado en el momento exacto… —Guardó silencio un instante antes de revelar su conclusión—: Creo que alguien nos ha traicionado.

Separados

Mientras los tres amigos esperaban a que Todtman finalizase una queda conversación en la habitación contigua, Ren se apoltronó aún más en la butaca. Se sentía más alterada que cansada, pero el asiento del viejo sillón estaba tan usado que se hundía por la zona del centro. Y la butaca no era lo único que la deprimía. La voz de Todtman repetía la misma frase en su cabeza una y otra vez: «Alguien nos ha traicionado».

El teléfono de Todtman sonó en cuanto el hombre regresó a la sala. En esta ocasión, no se marchó para hablar en privado. Ni siquiera respondió; se limitó a mirar la pantalla y a silenciar la llamada.

—¿No va a responder? —preguntó Ren, aunque en realidad quería decir: ¿Por qué no responde?

—Es Hesaan —repuso el egiptólogo.

Jinn se espabiló. Saltaba a la vista que conocía el nombre.

—¿No quiere saber si está sano y salvo? —insistió Ren.

—Si no estuviera sano y salvo, no habría llamado —replicó Todtman.

—¡Hable con él! Podría estar malherido —exclamó la chica y luego, avergonzada, comprendió lo que los demás ya habían deducido.

Ren tenía por costumbre confiar en las personas que gozaban de una vasta formación, pero esta vez se había equivocado. La primera emboscada se había producido en el exterior del apartamento que el Consejo Supremo les había reservado y la segunda en el museo de la organización. Y Hesaan era su contacto en el Consejo Supremo.

—Hesaan…

Todtman asintió.

El egiptólogo aguardó a que el móvil dejara de sonar y comprobó el buzón de voz. Permaneció a la escucha unos diez segundos. Ren oyó la lejana pero rapidísima perorata del conservador, que Todtman escuchaba con el ceño fruncido.

—¿Qué ha dicho? —quiso saber Álex.

—Dice que le duele la cabeza… y que se han marchado.

—Ese tío puede dar gracias de andar aún por ahí haciendo llamadas —observó Luke.

—Afirma que lo han dejado inconsciente en cuanto ha doblado la esquina —prosiguió Todtman—. De no ser por eso, está seguro de que lo habrían matado. Eso dice él.

Sin embargo, su tono sugería que no se acababa de tragar las explicaciones.

—Entonces él es el traidor —concluyó Luke, más en tono de afirmación que de pregunta.

Todtman lo miró con expresión cauta.

—Es posible.

—Me revienta que la gente cambie de bando —dijo Luke.

Jinn debía de estar pensando lo mismo. Se volvió hacia el profesor.

—Hesaan ha estado aquí —comentó en un tono de evidente preocupación—. Muchas veces.

Una súbita sensación de pánico invadió a Ren. *¿Y si su refugio no era tan seguro como pensaban?*

51

—Tenemos que salir de aquí —saltó Álex casi a voz en grito. Hablaba a toda prisa—. ¡Hay que ir al Valle de los Reyes! Ya habéis oído lo que ha dicho Hesaan sobre los Conjuros, sobre mi madre. Podría estar allí ahora mismo.

Estaba impaciente, deseoso de ponerse en marcha, como de costumbre. Pero Ren sintió una necesidad instintiva de pararle los pies. Su obsesión por encontrar a su madre los había puesto en peligro de muerte allá en Londres.

—Sí, Álex, pero no podemos confiar en Hesaan.

Álex la miró de hito en hito, como si se sintiera ofendido.

—Ya… pero aun en el caso de que trabaje para la Orden, pensaba que estaban a punto de capturarnos cuando nos lo dijo. De capturarnos o algo peor —agitó el codo herido—. ¿Por qué nos iba a mentir?

—¿Por qué nos iba a decir la verdad? —replicó ella.

—¡Niños! —los interrumpió Todtman con una palabra que a Ren le daba dentera—. No sabemos si Hesaan nos ha traicionado, pero ha dicho la verdad acerca del pasaporte de la doctora Bauer. Antes, cuando me he retirado para llamar, he hablado con las Autoridades de Transporte…

—¿También tiene un contacto allí? —preguntó Ren.

—No exactamente —repuso Todtman—. En Egipto, ahora mismo, verás…

—Quiere decir que ha sobornado a alguien —intervino Jinn con el fin de ahorrarles una larga explicación sobre las causas y las consecuencias de la corrupción.

—Entonces es verdad que mi madre regresó al valle —dijo Álex con la misma expresión que si lo hubieran abofeteado—, después de desaparecer en Nueva York…

La frase murió en sus labios y, por un momento, las connotaciones de su conclusión flotaron en el ambiente. El hecho de que la madre de Álex y los Conjuros Perdidos hubieran desaparecido al mismo tiempo del Museo Metropolitano tenía lógica cuando pensaban que la Orden se los había llevado a ambos. Pero sabiendo que la Orden los estaba buscando y que la mujer estaba libre, cabía concluir que la doctora tenía los hechizos en su poder. Y que había huido... dejando atrás a su hijo.

Ren vio a su amigo bregar con esa realidad y se sintió fatal por él. Simpatizaba con la fe ciega que Álex tenía en su madre, pero ¿la compartía? Le caía bien la doctora Bauer y sabía que lo había sacrificado todo por salvar a su hijo. Sin embargo, sus decisiones los habían metido a todos en un lío tremendo.

—Pero diez días es mucho tiempo —arguyó Todtman—. Ojalá hubiera algún modo de asegurarnos de que vamos por el buen camino...

Se volvió a mirar a Ren.

—¿Qué pasa? —preguntó ella con recelo.

—Podrías usar el ibis...

Todas las miradas se posaron en ella. Ren se revolvió en el asiento. *Ni hablar*, replicó para sus adentros. La idea de captar otra ráfaga de imágenes desconcertantes y luego tener que admitir que no sabía interpretarlas le aceleraba el pulso, le revolvía las tripas y le arrancaba perlas de sudor de la frente. Y el hecho de que Todtman y Álex fueran tan hábiles con sus propios amuletos no ayudaba precisamente. *No, muchas gracias*. Tenía que encontrar algún modo de negarse sin quedar como una inepta. De repente, se dio cuenta de que...

—Ya lo he usado.

—¿Cuándo? —preguntó Todtman, sorprendido.

—Ayer por la noche —asintió ella—. Lo rodeé con la mano y...

—¿Sí? —la azuzó Álex con impaciencia. Incluso Jinn y Luke se habían inclinado para escucharla.

Ren formuló la frase siguiente con sumo cuidado.

—Y vi algo.

Es la verdad, pensó. Sin duda había visto algo…

—¿Qué viste? —insistió Todtman, que ahora la taladraba con los ojos.

Ella miró a un lado y a otro. Quería que dejaran de observarla. Quería que su amuleto los ayudase, como hacían los otros dos. Y, por encima de todo, no quería quedar como una tonta.

—Vi el Valle de los Reyes —se oyó decir.

Durante un segundo, fue presa del pánico. ¿Realmente lo había visto? Volvió a visualizarlo. El maligno remolino de arena sobre un suelo duro y reseco, la ladera rocosa, el sol deslumbrante… *Era un paisaje desértico, eso está claro*, se dijo. *Y recordaba más a un valle que a una zona despejada del desierto, porque carecía de dunas altas y cambiantes.*

Álex blandió el puño con gesto triunfal y la discusión anterior quedó olvidada al instante.

—Estás haciendo grandes progresos con tu amuleto, Ren-Ren —exclamó.

—¡Tú y tu ibis sois la caña! —aplaudió Luke.

Incluso Todtman apostilló:

—Extraordinario.

Ren notó un cosquilleo en las mejillas. ¿Estaba segura?

Todos se mostraban tan impresionados, tan orgullosos de ella… Estaba casi segura.

—Gracias —dijo—. He estado practicando.

—Es hora de que abandonéis El Cairo —decidió Todtman.

Ren se mostró sorprendida.

—¿No nos acompaña?

El egiptólogo negó con la cabeza.

—Me quedaré aquí de momento. Mi pierna no está para muchos trotes por desiertos y valles, y hay mucho que hacer aún en esta ciudad. Debo averiguar qué planea la Orden y qué clase de maldad azota El Cairo.

—Y, esto, ¿qué debemos buscar exactamente? —preguntó Luke, que nunca tenía reparos en preguntar lo mismo dos veces.

—A mi madre —repuso Álex.

Todtman asintió.

—Y los Conjuros Perdidos.

Así pues, ya tenían un cometido, y a Ren no le cabía duda de que sería peligroso. Se iban a separar y se internarían en el implacable desierto sin su capitán; y no solo en el desierto, sino también en la antigua necrópolis que yacía debajo.

—No me cansaré de insistir en la importancia de esta misión —dijo Todtman—. El poder de los Conjuros podría bastar para poner fin a este desastre, para devolver las cosas a la normalidad. Pero si la Orden los encuentra antes que vosotros, nada podrá detenerla. —Guardó silencio un instante. Hablaba un inglés excelente, pero no era su lengua materna. Buscó la expresión que mejor se ajustase a lo que pretendía comunicar. Y la encontró—. De ahora en adelante —prosiguió— jugamos a todo o nada.

Entrenado para ganar

Luke tomó un buen trago de agua embotellada, se enjugó la boca y preguntó:

—¿Acaban de echarnos de una patada en el culo o me lo he imaginado yo?

Los tres amigos estaban sentados alrededor de una mesita plegable en el vagón restaurante del tren nocturno con destino a Lúxor. Latas de refresco vacías, envoltorios de chocolatinas y servilletas de papel arrugadas sembraban la superficie de la mesa. Álex y Ren se habían acomodado a un lado y Luke, al otro. Las mochilas yacían amontonadas en el sitio vacío. Lo último que les apetecía ahora mismo era tener compañía.

—Más o menos —reconoció Álex. Se sentía una pizca avergonzado, como si él tuviera la culpa de que los hubieran perseguido por todo El Cairo—. Y no solo en el culo.

Se miró el codo, que se protegía con la otra mano.

—Ay, sí —se compadeció Ren—. ¿Qué tal va eso?

Álex se encogió de hombros. Ahora podía mover el codo sin experimentar un dolor insoportable.

—Bueno, al menos tú les plantaste cara —comentó Ren—. Gracias por empujarme. Yo fui un cero a la izquierda.

Su amigo echó un vistazo al ibis, que rebotaba con suavidad sobre la camiseta de su amiga al ritmo del zarandeo del tren.

—¿No puedes, o sea, mover nada con eso?

—No —reconoció Ren—. Bueno... Puede que una vez moviera un clip. Pero también es posible que fuera el viento.

—¿Qué se siente? —preguntó Luke con una mezcla de interés y envidia en la voz, como si estuviera preguntando por el videojuego más chulo del momento.

—Es alucinante —repuso Álex.

En el mismo instante exacto, Ren respondió:

—Es horrible.

Los chicos miraron a Ren. Las opiniones negativas siempre son más interesantes. Ella se volvió hacia la ventanilla para evitar los ojos de los otros dos.

—Bueno, no está tan mal —reconoció—. Pero a veces me siento como si... tuviera un virus de ordenador en el cerebro. Igual que si anduviera por ahí dentro, enseñándome cosas y, no sé, supongo que no me gusta que nada tenga acceso a mi disco duro, ¿sabéis?

Álex no lo entendía. Había pasado doce años de su vida sintiéndose débil y enfermo, sin ser capaz apenas de lanzar una pelota. Ahora podía levantar una nevera si quería con ayuda de su amuleto y no renunciaría a ese poder por nada del mundo. Pero conocía a Ren. Había visto las listas de su libretita y sabía cuánto necesitaba que todo tuviera lógica.

—Bueno, como mínimo nos ha puesto sobre la pista del Valle de los Reyes.

—Eso ya lo sabíamos —arguyó Ren.

—Ya, pero tú lo has confirmado —señaló Álex.

—Supongo —repuso Ren, mirando por la ventana otra vez.

Álex no sabía por qué su amiga evitaba sus ojos, pero la dejó en paz. Estaba encantado con el viaje y agradecido a Ren por haber contribuido a que partieran. Miró por la ventanilla mientras el tren traqueteaba rumbo al sur, hacia el mejor indicio que les había salido al paso desde que su madre desapareciera. El hecho de tener una misión concreta unido a la tranquilidad de estar en camino le hacía sentirse como un sabueso que acaba de encontrar el rastro. Conocía a su madre mejor que nadie. Con un poco de suerte, descubriría alguna señal de su presencia en el valle; incluso era posible que las estuviera dejando adrede. Se dedicó a disfrutar de sus vanas fantasías hasta que Luke lo interrumpió.

—¿Y qué haremos cuando lleguemos allí?

Álex respondió de inmediato.

—Usaremos los amuletos. El mío puede detectar a los no muertos y creo que también la magia que los alienta. Siempre me avisa cuando hay un ejemplar del Libro de los Muertos cerca, así que se iluminará en presencia de los Conjuros Perdidos, supongo.

Mientras hablaba, se le ocurrió que tal vez esa misma señal hubiera alertado a su madre cuando encontró los Conjuros de buen comienzo, cuando aún poseía el amuleto. Se interrumpió un momento antes de volverse hacia Ren y añadir:

—Y tú podrías sacarle más información al ibis también.

Ren no contestó. Se encogió de hombros y volvió a mirar por la ventana. Durante un rato, se dedicaron a observar el río Nilo, que discurría junto a las vías del tren. Álex visualizó el gran mapa de Egipto que decoraba el despacho de su madre en el Museo Metropolitano, el río que lo recorría de arriba abajo como una retorcida columna vertebral. Se dirigían más o menos hacia el sur siguiendo el curso del Nilo, rumbo al Valle de los Reyes. Lo había visto en fotos. El propio valle era poco más que una cuenca reseca y arenosa. Pero excavada en el terreno duro y rocoso había una necrópolis sin parangón en todo el planeta. Y su madre había dejado pistas de su presencia en ese enclave… ¿Seguiría allí?

—Te voy a decir una cosa —anunció Luke al cabo de unos instantes.

—¿Sí? —dijo Álex.

—Me alegro de haber abandonado esa ciudad. Está llena de pirados.

—Sí, supongo que el resto del país estará más tranquilo —convino su primo—. Eso dicen las noticias y tal.

—No allá donde vamos —terció Ren—. He leído que abundan los saqueos.

Álex asintió. Él también había leído que, aprovechando el caos que reinaba en el país, se habían multiplicado los robos a antiguos templos y sepulcros. Tomó un sorbo de refresco y Luke bebió un buen trago de su botella de agua de dos litros. Ren se llevó una patata frita a la boca.

Durante unas horas, cuando menos, solo eran tres jóvenes norteamericanos de viaje en un tren nocturno. Ahora que habían dejado atrás las traiciones de El Cairo y habían relegado sus más profundos temores al fondo de su mente, casi podían considerarlo una aventura. Todos vieron al ejecutivo que viajaba al otro lado del pasillo, claro que sí; su envergadura y su carísimo traje llamaban la atención.

Sin embargo, no se dieron cuenta de que él también los observaba.

Una hora más tarde, llegó el momento de acostarse. Ninguno de los tres había dormido bien en El Cairo, y el traqueteante tren tampoco prometía nada bueno en ese aspecto.

Cuando Álex cerró la puerta del compartimento, tuvo la sensación de que la hoja era excesivamente fina y frágil. Giró una pequeña llave de plástico para cerrarla por dentro. Parecía más un pestillo de juguete que uno de verdad.

—¿Qué te parece si ato el pestillo… o atranco la puerta con algo, quizá? —le preguntó a Luke. Estaban los dos solos. Ren compartía litera con una egipcia muy elegante en otro compartimento.

Luke echó un vistazo a la endeble puerta y se encogió de hombros.

—No hace falta —repuso.

Álex accedió. No quería quedar como un paranoico.

Luke empezó a rebuscar por su equipaje el cepillo de dientes que acababa de comprar. Todtman les había entregado un grueso fajo de billetes egipcios, y habían gastado unos cuantos en reemplazar sus equipajes perdidos en los grandes almacenes que había cerca de la estación.

—Creo que antes, en el vagón restaurante, te he visto sonreír —comentó Luke—. Solo un segundo.

Álex se obligó a esbozar otra sonrisa tristona.

—Sí, puede ser. Perdona si he estado muy apagado.

—No pasa nada, primo. Ya sé que hay muchas cosas rondando por esa mente tan retorcida que tienes.

Había sonado como una invitación a compartir sus pensamientos, y Álex la aceptó. Su primo tenía razón; últimamente había estado muy callado.

—Es que, no sé, tengo la sensación de que por fin estamos en el buen camino.

—Qué guay —dijo Luke—. ¿Sabes algo que yo no sé?

—Bueno, sé que mi madre ha estado un montón de veces en el Valle de los Reyes —repuso el otro—. No sé si te lo había mencionado.

—¿Ah, sí? —respondió Luke. Encontró su cepillo de dientes por fin y se incorporó—. ¿Y cuándo?

—Pues, ya sabes, antes de que empezara todo esto…

Luke procedió a cepillarse los dientes. Con la puerta cerrada, Álex se sentía como en una fiesta de pijamas. Luke siempre le había parecido un poco estirado allá en Nueva York, demasiado obsesionado con los deportes como para prestar atención a ese primo pachucho y rarito que tenía. Pero ahora tenía la sensación de que estaban en el mismo equipo.

Luke escupió la pasta en la pila, se lavó la cara y se pidió la litera superior. Álex miró la atestada cama inferior y gimió. A continuación se dirigió a su vez al minúsculo lavamanos del compartimento. Parecía la pila de un avión, solo que más pequeña y cochambrosa, e incluía un cartel que rezaba: NO BEBER. HAY UN VASO DE AGUA POTABLE A SU DISPOSICIÓN.

Álex miró por ahí y encontró dos vasos de plástico transparente: uno vacío y el otro lleno, tapado con papel de aluminio. Echó mano del que estaba lleno y vio un remolino de sedimento alzarse del fondo.

—Tío, ¿ya te has bebido tu vaso de agua? —preguntó en dirección a la litera de arriba.

—Es importante hidratarse como Dios manda —fue la respuesta.

—No parece demasiado limpia.

—Deberías ver la que sale del grifo.

Álex retiró el papel de aluminio y olisqueó el agua. No notó nada raro.

Se lavó los dientes con el contenido del vaso, apagó la luz y se tendió en la litera inferior.

—¿Estás despierto? —preguntó a la cama de arriba. Le habría gustado seguir charlando, pero su primo no respondió. Ahora que se había acostumbrado al murmullo rítmico del tren, Álex distinguió el sonido de una respiración profunda y regular procedente de la litera superior. Luke ya se había quedado frito. Mejor. Tenían pensado levantarse al alba y bajar del tren antes de llegar a la estación de Lúxor. Si Hesaan había informado a la Orden de que iban hacia allí, los estarían esperando.

61

Álex cambió de postura e intentó acomodarse sobre el fino colchón. Al tomar una curva, el tren redujo la velocidad pero traqueteó con más fuerza. Pequeños fogonazos de luz se colaban de tanto en tanto por la persiana mal ajustada.

Incapaz de dormir, Álex se preguntó cómo le iría a Ren en su propio compartimento. ¿Estaría a salvo, allí sola?

Luego, como era inevitable, sus pensamientos volaron otra vez hacia su madre. Hacía un rato lo había embargado la emoción; estaba ansioso como un sabueso. Sin embargo, con la oscuridad llegaron las dudas. Un sabueso no debería andar de acá para allá en pos de su amo; y mucho menos de su madre. ¿Por qué ella no lo estaba buscando? No se le ocurría ninguna explicación plausible. Si lo que pretendía era protegerlo, bueno, era obvio que no lo estaba consiguiendo. Pese a todo, le fascinaba la posibilidad de estar viajando a su encuentro en ese mismo instante. *Aunque, ¿podía darlo por hecho? ¿Tenía siquiera su madre los Conjuros en su poder?*

Advirtió que se le nublaba el pensamiento e hizo esfuerzos por concentrarse, por recuperar la atención. Sí, su madre y los Conjuros Perdidos habían desaparecido al mismo tiempo, pero fue ella la que los llevó a Nueva York de buen comienzo. ¿Por qué tomarse tantas molestias para luego robarlos? Álex la conocía mejor que los demás; sabía de su infinita lealtad, de su inmensa generosidad. No tenía sentido. *Si mamá poseyera algo que todo el mundo estuviera buscando, el mismo objeto que ha provocado todo esto y que podría ponerle fin, ¿por qué iban a esconderla de…? No, espera…*

Se estaba armando un lío. Notaba la mente lenta y le costaba formular los pensamientos. *¿Por qué iba ella a esconderlos de… quién?*

Algo iba mal.

—¿Luke? —graznó Álex, pero apenas fue capaz de articular la palabra.

Un momento, pensó. *¿Luke estaba allí con él? ¿Seguro?* Le costaba mucho recordar cualquier momento anterior…

Un sedimento blancuzco en el fondo del vaso de plástico… El vaso de su primo vacío… Luke dormido como un tronco.

El agua. ¡Los habían drogado!

Álex intentó levantarse pero le pesaba tanto el cuerpo que únicamente consiguió rodar por la cama. Cayó al suelo como un fardo y su cuerpo adormecido apenas notó el impacto. De repente notaba la respiración tan lenta y pastosa como sus pensamientos. Consiguió levantar la mano derecha y manoteó sin fuerza la pared hasta dar con el interruptor de la luz.

El compartimento se iluminó pero no lograba enfocar la vista.

—¡Luuuuke! —gimió, apenas un débil susurro.

Se detuvo para tomar más aire y volvió a intentarlo. Y fue entonces cuando oyó el chasquido del pestillo. Álex intentó volver la cabeza, pero le costaba demasiado. Se desplomó de espaldas y miró la puerta, que se abría despacio.

Era el ejecutivo fortachón del vagón restaurante. El hombre se detuvo un instante en el umbral y su enorme figura se recortó contra las ventanillas negras del fondo, la noche egipcia que pasaba a toda prisa. Álex comprendió entonces a qué clase de negocios se dedicaba aquel tipo y para quién trabajaba. El intruso se internó en el compartimento con un paso largo y sigiloso. Acto seguido, cerró la puerta.

Miró a Álex, sonrió y negó con la cabeza. A continuación se guardó un llavín metálico en el bolsillo derecho del traje y extrajo un círculo de plástico del izquierdo… una brida. Álex las había visto anteriormente, había notado su mordisco en la piel de muñecas y manos. Una vez que te las ataban, había que cortarlas para retirarlas.

Álex se acercó la fláccida mano al pecho y buscó el amuleto. Pero lo llevaba por dentro de la camiseta y sacarlo de ahí le parecía imposible. Desplazó la mano al cuello pero tenía los dedos demasiado entumecidos como para asir la fina cadena de plata.

—Luke —llamó Álex entre unos labios que parecían de goma. El traqueteo del tren prácticamente ahogó el débil murmullo. Sin embargo, nada ahogó el ruido que sonó a continuación…

¡CLONNNK!, oyó cuando una mano salió disparada de la litera superior y atizó al intruso en la cabeza con una flamante mancuerna de cinco kilos.

¡FUUMMP!, sonó cuando el hombre se desplomó en el suelo. La frente del desconocido golpeó la espinilla de Álex, pero él apenas lo notó.

La cabeza de Luke asomó por el borde de la litera.

—No podía dejar que te capturasen —dijo—. No te habría vuelto a ver.

Álex lo miró de hito en hito.

—Pero… si estabas… drogado —consiguió farfullar—. El agua…

Las palabras surgían quedas y pastosas, pero Luke las entendió perfectamente.

Enarcó las cejas.

—Como ya te he dicho, es importante hidratarse como Dios manda. Los entrenadores no se cansan de repetirlo. Y esa agua no tenía buena pinta. La he tirado. Aún me queda una botella.

—Ah, claro —repuso Álex.

Luke prescindió de la endeble escalerilla de su litera y bajó al suelo de un salto. Llevaba una camiseta, pantalón corto y medias de deporte; solo le faltaban las zapatillas deportivas para completar el equipo. Dejó la mancuerna en el suelo y sacó una botella de agua de dos litros.

—Deberías beber un poco —dijo, echando un vistazo a su espalda para asegurarse de que el intruso seguía inconsciente.

Álex asió la botella como pudo pero no consiguió llevársela a la boca. Por fin, atinó a colocar cada cosa en su sitio y bebió medio litro de agua tibia como poco, seguramente mezclada con las babas de Luke. La cabeza se le despejó una pizca.

—¿Qué hacemos con este tío? —preguntó su primo, que ahora miraba el fardo tendido en el suelo.

Álex lo meditó un instante. Acto seguido, muy despacio, volvió la cabeza para mirar por la ventanilla.

Un ratito y otro medio litro de agua más tarde, se recuperó. Esperaron a que pasara el vigilante nocturno y arrastraron al hombre al pasillo. Cuando el tren volvió a reducir la marcha para tomar una curva, un vagón perdió algo más que impulso. Observaron cómo el hombre rodaba como un muñeco de trapo por un terraplén arenoso y regresaron a su compartimento.

Con las primeras luces del alba, llegaron a las afueras de Lúxor.

Ciudad fantasma

Amanecía cuando llamaron a la puerta de Ren, pero ella la abrió de inmediato, completamente vestida y con cada cabello en su sitio gracias a las hábiles pasadas de un peine humedecido.

—Te veo mal —le dijo a Álex—. A ti no, Luke. A ti solo te veo alto.

—Me han drogado —alegó Álex en su defensa.

Ren lo miró con recelo. Habían pasado por su compartimento la noche anterior, pero su compañera de litera, sobresaltada y enfadada, los había enviado a paseo. Ren agarró su maleta y dejó a la mujer roncando en su cama.

—Es muy temprano —comentó cuando salieron al pasillo—. ¿De verdad pensáis que la Orden sabe que vamos hacia allí?

Álex y Luke intercambiaron una mirada.

—Lo saben —afirmaron al unísono.

Ren no preguntó cómo estaban tan seguros y a Álex le sentó mal asustarla.

El vigilante nocturno dormía en silencio, despatarrado en un asiento plegable al final del pasillo, cuando pasaron a hurtadillas por su lado. En el exterior, el sol sanguinolento de Egipto acababa de soltar amarras del horizonte.

Se escondieron en el estrepitoso y ventoso paso que unía dos vagones, con las mochilas a la espalda y los ojos fijos en la ventanilla de la puerta. Por fin, el tren redujo la marcha. Cuando llegó a un cruce, paró del todo con un fuerte bandazo. Álex prácticamente oyó el gemido colectivo de un centenar de pasajeros, que acababan de rebotar en sus camas. Deprisa y corriendo, utilizó su amuleto para abrir la puerta de acero.

En la carretera las luces parpadeaban y las alarmas repicaban. Un puñado de automovilistas madrugadores contemplaron a los tres jóvenes viajeros que bajaban del tren y pisaban el asfalto instantes antes de que el convoy reanudara fatigosamente la marcha.

El sol ascendía en el cielo cuando, con paso cansino y con ayuda de sus teléfonos inteligentes, llegaron al centro de la ciudad. Se dirigían al embarcadero de Lúxor, donde pensaban cruzar el río a bordo del transbordador que llevaba al Valle de los Reyes.

—Tío, qué calor hace ya —se quejó Luke a la vez que sacaba una machacada gorra de los Yankees de su mochila.

—Estamos en el desierto —replicó Ren, y blandió su guía de turno.

—No lo parece —observó Luke—. Mira cuántos árboles.

Ren bajó el libro y levantó los ojos. Palmeras plantadas cada pocos metros flanqueaban la calle. De gruesos trocos y penachos de hojas en lugar de ramas, proyectaban zonas de sombra en aquel mar de luz solar.

—Estamos en el Nilo —explicó Álex.

—No me digas —repuso Luke, y como tantas otras veces su primo no supo si hablaba en serio o en broma.

Los edificios se erguían más y más apiñados según se acercaban al centro. La ciudad de Lúxor al completo parecía sacada de un libro de historia egipcia. Álex sabía que, durante miles de años, se la conoció como Tebas, capital y sede del poder de algunos de los faraones más importantes. Las reminiscencias de sus reinados estaban por todas partes. El perfil de la ciudad no era muy alto y las torres y los minaretes de los templos despuntaban aquí y allá. Pasaron junto a antiguos santuarios y desgastadas estatuas. Vieron edificios genuinamente viejos mezclados con otros diseñados para parecerlo.

La gente los miraba con descaro al pasar. Si en El Cairo los había recibido un abarrotado caos, Lúxor emanaba una inquietante atmósfera de ciudad fantasma. Los lugareños escaseaban a esa hora temprana y esa ausencia prestaba un aire amenazador a los pocos hombres de ojos hundidos que recorrían las calles con expresión adormilada.

Luke, que parecía un adolescente vikingo, era el que más atención despertaba. A Álex, en cambio, apenas si lo miraban. De ascendencia medio egipcia gracias a un padre que no conocía y vestido con sencillos vaqueros y camiseta, pasaba casi desapercibido. Cuando el sol ascendió en el cielo, las calles seguían prácticamente desiertas.

—¿Dónde está todo el mundo? —preguntó Ren.

—Sin trabajo y asustados, supongo —dijo Álex—. Esta es una ciudad turística. Con la que está cayendo, hay que estar loco para venir de visita.

—En ese caso, estamos locos, supongo —observó Luke—. De todas formas me gusta mucho más que El Cairo.

—Estaremos aún más tranquilos a medida que nos acerquemos al Valle de los Reyes —prometió Álex, pero a pesar de sus palabras tenía el inquietante presentimiento de que sus perseguidores volverían a acosarlo. Últimamente no disfrutaba de tranquilidad en ninguna parte, ni siquiera en un coche cama del tren.

—Sí, esto, ¿y de qué clase de reyes estamos hablando? —preguntó Luke cuando llegaron a una intersección y se detuvieron antes de cruzar.

—De algunos de los más importantes —repuso Álex—. Ramsés, Tutmosis, Hatshepsut; aunque esta última, hablando con propiedad, era una reina.

—¿De verdad? —se sorprendió Ren.

—Sí, una faraona, y muy poderosa —confirmó él, pero Luke ya no los escuchaba. Su mirada se había tornado vidriosa—. Y Tutankamón —añadió—. El rey Tut.

Luke reaccionó.

—He oído hablar de él. Ese tío era muy joven, ¿verdad? O sea, para ser rey.

—Sí, tenía unos dieciocho años cuando murió —confirmó Álex.

—¿Por qué moriría tan joven? —se extrañó su primo.

Álex se encogió de hombros.

—Muchos creen que fue asesinado. Cuando lo encontraron, le faltaba el corazón. Y mi madre dice que tenía un hueco en la cabeza.

—Ya —dijo Luke—. Constantemente dicen lo mismo de mí. Que tengo la cabeza hueca.

Al otro lado de la calle, Álex divisó la indicación que estaba buscando: SHARIA EL-MAHATTA.

—Creo que por aquí llegaremos a los transbordadores —indicó—, pero pasaremos por delante de la estación, así que tenemos que estar atentos.

Tenían que abandonar la ciudad y partir hacia el Valle de los Reyes cuanto antes. El tren ya habría llegado a esas horas, pero sin ellos. Si la Orden los estaba esperando, ya se habrían dado cuenta de que los tres amigos habían bajado del tren hacía un rato… y los estarían buscando. Siguieron andando bajo el sol abrasador y el peso de las miradas con todos los sentidos alerta. Dejaron atrás el Templo de Lúxor y, más allá, apenas visible al fondo de Sharia el-Markaz, Karnak.

Los dos templos legendarios eran fantasmales laberintos de piedra profusamente tallada: gruesos muros y enormes columnas dominados por inmensas estatuas de los grandes faraones, algunas de diez metros de altura. Álex, que se había criado en un museo, se habría parado a admirar todo aquello en circunstancias normales, pero cuando sus ojos escudriñaron cada centímetro del embarcadero que se extendía a lo largo del río, no eran monumentos lo que buscaba.

¿Cuántas veces le había hablado su madre de esos parajes? ¿De esa ciudad, del valle que se extendía al fondo? Y ahora sabían que ella había estado allí, hacía solo diez días. ¿Se habría marchado ya, se preguntó Álex, o estaban a punto de dar con ella? Puede que estuviera muy cerca ahora mismo, en el valle. Si de verdad se estaba escondiendo, ¿qué mejor refugio que aquel inhóspito desierto que tan bien conocía? Imaginó, por millonésima vez, que la encontraba. Echaría a correr y la abrazaría, eso seguro, pero ¿cuáles serían sus primeras palabras? ¿«Te he echado de menos» o «por qué me dejaste solo»?

Embarcaron en el transbordador, que estaba a punto de zarpar, y pagaron los billetes. Se encaminaron a toda prisa a la cabina de aquella embarcación de fondo plano, donde el ambiente era más fresco y estarían a salvo de miradas indiscretas. El transbordador tenía capacidad para albergar a una legión de turistas, pero estaba casi vacío cuando zarparon.

—¿Qué rumbo hemos tomado? —quiso saber Luke—. Me he desorientado.

—Oeste —repuso Álex—. Siempre enterraban a los muertos en la orilla de poniente, porque allí muere el sol cada noche.

—Genial —exclamó el otro con sarcasmo—. Muertos y enterrados… allá vamos.

Según Álex se volvía a mirar a través del cristal las aguas rápidas y oscuras del Nilo, notó cómo las metálicas alas del escarabeo se calentaban contra su piel. El amuleto representaba al que retorna, símbolo del viajero entre el mundo de los vivos y el de los muertos. Y Álex había estado en ambos.

Una sonrisa asomó a su rostro.

—Sí —dijo—. Allá vamos.

La otra orilla

—Qué verde es esto —comentó Ren cuando la barca golpeó el muelle con suavidad.

Álex miró a su alrededor. Grandes árboles y frondosos arbustos bordeaban la ribera occidental, alimentados por las aguas que habían dado a luz a la civilización egipcia hacía cinco mil años y que la sustentaban desde entonces.

Cuando bajaban del transbordador, unos cuantos pasajeros embarcaron. Dos de ellos caminaban con dificultad, como si fueran muy viejos o estuvieran heridos. Según pasaban despacio, Álex silbó sin poder evitarlo.

Sus rostros y brazos mostraban horribles quemaduras. Y a juzgar por los movimientos rígidos y doloridos, la cosa no acababa ahí.

—Mirar fijamente es de mala educación —susurró una voz.

Volviéndose, Álex vio a una mujer alta que llevaba la oscura mata de pelo recogida en una severa coleta. Por poco se le para el corazón. Pero entonces encontró sus ojos y en lugar del tono azul grisáceo de su madre atisbó un color miel que le devolvía la mirada. Ella desvió la vista para dirigirse a uno de los tripulantes del barco.

—*Shukran* —dijo al tiempo que tomaba el fardo envuelto en papel que el otro le tendía y luego le deslizaba unos cuantos billetes doblados en la mano.

—*Afwan* —repuso él con un leve asentimiento.

—No miraba —le espetó Álex cuando la mujer se volvió hacia él.

—Sí que lo hacías —insistió ella, no con aspereza pero sí con la suficiente firmeza como para dar el asunto por zanjado. Vestía unos raídos pantalones de estilo safari y una camisa de manga corta que en su día debió de ser blanca. Una desteñida gorra de béisbol con la *H* blanca de Harvard en la zona de la frente le cubría la cabeza. En los pies, unas machacadas botas de piel muy parecidas a las que su madre llevaba siempre consigo cuando viajaba al desierto.

Ren se fijó en la gorra. Era la típica chica que a los doce años ya sabe qué universidad escogerá como primera opción; Harvard, en su caso.

—Soy Ren —se presentó.

—Y yo… —empezó a decir la mujer antes de titubear. Álex había visto a su madre hacer eso mismo, dudando de si presentarse como doctora Bauer o como Maggie. Supo de inmediato que la mujer era arqueóloga—. Isadora —prosiguió ella—, pero puedes llamarme Izzie. Todos los locos de por aquí lo hacen.

—¿Y cómo sabe que estamos locos? —preguntó Álex, sin molestarse en desmentirlo.

Izzie esbozó una sonrisa burlona a modo de respuesta y luego echó un vistazo tras ellos como buscando a sus padres.

—¿Qué les ha pasado a esos? —preguntó Ren—. ¿Ha habido un incendio?

—Son quemaduras solares —explicó la egiptóloga. Una expresión extraña cruzó por su rostro—. Dicen que sucedió ayer por la noche —añadió con voz queda.

—Eso es imposible —objetó Álex, recordando las llagas de los rostros y las heridas que rezumaban a través de la gasa limpia de sus brazos.

Pero Izzie ya se alejaba a paso vivo por el embarcadero, y su única respuesta fue un gesto de adiós por encima del hombro.

Se internaron despacio en el aparcamiento y una explosión de calor los golpeó en cuanto pisaron el asfalto ablandado por el sol. Álex no entendía cómo alguien podía sufrir quemaduras solares tan horribles en plena noche, pero entendía perfectamente que pudiera suceder de día si pasabas mucho rato a la intemperie. Echó un vistazo a la gorra de los Yankees de Luke y lamentó no llevar consigo la suya de los Mets; como había pasado enfermo buena parte de su vida, siempre se había identificado con los perdedores.

Miró a un lado y a otro. Se encontraban a la entrada de lo que durante mucho tiempo fuera uno de los destinos turísticos más importantes del mundo. Pero, por lo que parecía, ahora mismo eran los únicos turistas de por allí, y un puñado de ansiosos taxistas empezaron a rodearlos. Tras estos, a lo lejos, despuntaba la primera fila de hoteles.

—Un hotel de verdad no estaría mal —propuso Ren con cierta melancolía—. Sin ratas…

—No podemos alojarnos en un hotel —respondió Álex, que bajó la voz cuando el primer taxista se acercó—. Tres niños con pasaportes estadounidenses… ¿Cuánto crees que tardaría la Orden en localizarnos?

Obvió decir: «Y jamás encontraremos a mi madre en un hotel».

Álex ahuyentó a los primeros conductores y se encaminó al final del aparcamiento. Los otros dos lo siguieron.

—Bueno, entonces ¿dónde? —preguntó Ren.

—Sí —dijo Luke—. ¿Qué brillante idea se te ha ocurrido?

Álex lo había decidido después de sufrir el ataque en el claustrofóbico compartimento del tren: nada de espacios cerrados. Señaló el edificio achatado que tenían delante. El cartel de la entrada mostraba un montón de palabras en árabe, pero solo dos en inglés: CAMPING SUPPLIES, ACCESORIOS DE ACAMPADA.

—Nos quedamos aquí —anunció el taxista en tono terminante al tiempo que arrimaba el coche a un lado de la carretera. El desierto se extendía en torno a ellos.

—Ni siquiera hemos llegado al Valle de los Reyes —protestó Álex, mirando los carteles señalizadores.

—Exacto —dijo el conductor—. Ahora mismo hace demasiado calor en el valle.

Era la una en punto y los rayos del sol caían a plomo. No obstante, Álex no estaba seguro de lo que había querido decir el taxista con eso de «ahora mismo». Los brazos quemados y los vendajes de antes…

—¿Hay algo raro en el Valle de los Reyes? —preguntó—. ¿Se ha producido algún cambio?

—Ha cambiado todo —sentenció el hombre con amargura—. Os dejo aquí, igual que a los otros… —se interrumpió para buscar la expresión adecuada y luego la escupió— buscadores de emoción.

Los abandonó en mitad del calor asfixiante junto con sus cosas: sus mochilas pequeñas embutidas en el interior de otras nuevas, más grandes. Desde luego, aquello no tenía nada de emocionante. Álex alzó la vista al despejado firmamento y el sol abrasador lo cegó.

—¿Y ahora qué? —preguntó Ren.

Por una vez, Álex no supo qué responder.

—¿Te parezco uno de esos chicos que van de acampada a menudo?

—Yo sí —intervino Luke—. Caminar es fabuloso para las piernas. Añádele un poco de escalada y ejercitarás a tope todo el cuerpo.

—Yo no quiero ejercitar a tope todo el cuerpo —protestó Ren—. Únicamente, ya sabes, no morir.

—Así me gusta, directa al grano —dijo Luke, señalándola con los dos índices—. Esa es la idea. Para empezar, hay que encontrar una zona resguardada. Del viento y tal.

—O del calor —añadió Álex a la vez que extraía su gorro nuevo de la mochila. Era redondo y plano por arriba, con una visera delante y una cortina de tela en la parte posterior para proteger las orejas y el cuello.

Luke y Ren se miraron y sofocaron una risa. Álex fingió no darse cuenta mientras se lo encasquetaba.

Un paisaje escarpado cercaba el valle. Grandes crestas despuntaban hacia el cielo a un lado y al otro, abruptos y rocosos cerros que brotaban de la tierra reseca por el sol. Cuando Álex imaginaba el desierto, veía suaves dunas de arena, pero los alrededores del valle eran duros y escabrosos. Atizó un puntapié al suelo con su bota nueva y la tierra reseca le devolvió el golpe. Notaba cómo el calor se filtraba a través de las suelas. Una sensación de miedo se apoderó de él.

Este paraje es despiadado, pensó.

Se volvió a mirar a Ren y Luke hizo lo propio.

—¿Por qué me estáis mirando? —se extrañó ella.

Pero no la miraban a ella, sino su amuleto.

—Pregúntale cuál sería el mejor lugar para acampar —aclaró Álex.

La desgana de Ren saltaba a la vista. Se negaba incluso a dirigir la mirada hacia el ibis.

—Venga —la azuzó Luke—. Hace mucho calor.

Más que tomar decisiones, Luke había adoptado el papel de abogado del diablo. Igual se aliaba con Ren para burlarse de Álex que se ponía de parte de su primo contra ella. Ahora Ren perdía por dos a uno. Frunció el ceño y entonces…

—¡Esperad! —exclamó—. Me está diciendo algo.

—¿De verdad? —preguntó Luke, que miraba boquiabierto el amuleto.

—Pero si ni siquiera lo has tocado —observó Álex con incredulidad. ¿Acaso ya no necesitaba hacerlo? ¿Había conseguido Ren, de algún modo, superar sus propias habilidades?

—Sssssííí —dijo Ren con una voz como de ultratumba.

Ambos observaron embobados cómo ella se arrodillaba a toda prisa.

—El poder del antiguo amuleto me dice…

Movió las manos a toda velocidad y al cabo de un momento se incorporó.

—Que use los ojos.

Sostenía los binoculares que acababan de comprar con un cuarenta por ciento de descuento.

—He visto una sombra ahí arriba, en lo alto de aquel risco —explicó—. Parece un buen refugio. A ver… Sí… Hay gente acampada.

—Supongo que son los «buscadores de emociones» a los que se refería el taxista —dijo Álex—. ¿Crees que cabremos todos? O sea, ¿sin acampar demasiado cerca?

—Hay sitio de sobras —repuso Ren.

—Pues vamos —decidió Luke, que ya se había echado la mochila a la espalda—. Como mínimo, podremos seguir a alguien que sí sepa lo que se trae entre manos.

Campamento base

La ladera de la cadena era más suave por la zona de la falda y enfilaron por allí hasta llegar a la altura del otro campamento. Ren sabía por qué. Les habían tendido ya demasiadas emboscadas. Ninguno de los tres se acababa de fiar; y la frase «buscadores de emoción» tampoco inspiraba demasiada confianza, sobre todo habida cuenta del tono con que el taxista la había pronunciado. Sudaban la gota gorda para cuando se detuvieron unos ochocientos metros más adelante, sobre una roca más o menos plana situada cerca de una cresta de la cadena que rodeaba el valle.

—¿Qué os parece si plantamos aquí la tienda? —propuso Álex.

—Vale —accedió Ren—. Instalad la vuestra aquí. Yo levantaré la mía un poco más allá.

Dejaron caer las pesadas mochilas en el tórrido suelo.

—¿Has comprado una para ti? —preguntó Álex.

—Pues sí —repuso ella—. Los chicos apestáis.

Álex se quedó plantado donde estaba, con dos cercos de sudor en la zona de las axilas, y dijo:

—¿Y entonces por qué llevo todo el día cargando esta carpa de circo de acá para allá?

Extrajo un inmenso rollo de nailon verde de su mochila mientras Luke sacaba las piquetas y las varillas plegables de la suya. Ren no respondió. Ya se había arrodillado para echar mano de la pequeña tienda azul cielo que llevaba en la bolsa.

Desplegó las instrucciones y procedió a seguirlas al pie de la letra. Quince minutos más tarde, había terminado. Se incorporó para observar el resultado: la tienda tenía el mismo aspecto que la del embalaje. Asintió y se volvió a mirar a Álex y a Luke.

Viéndolos, cualquiera habría pensado que estaban jugando al *twister* con diez kilos de tela sintética. Las instrucciones, ignoradas de buen comienzo, habían volado ladera abajo.

—¿Nos ayudas? —le preguntó Álex cuando la vio allí plantada.

Ren se lo pensó, pero hacía demasiado calor a pleno sol. Tendrían que conformarse con un poco de apoyo moral.

—¡Buena suerte! —gritó, y se refugió en su pequeña tienda para deshacer el equipaje—. ¡Avisadme cuando hayáis terminado!

En el interior caluroso e impregnado de olor a plástico de su tienda, extrajo sus cosas y extendió su nueva colchoneta de espuma. Luego echó un vistazo al teléfono móvil. Lo que pensaba: no había cobertura en mitad del desierto. Le habría gustado tumbarse a descansar, pero tenían una misión que cumplir. Durante un segundo, se quedó pensando en eso. Encontrar los Conjuros y poner fin a todo aquello… ¡Volver a casa!

Sin embargo, había un inconveniente. El plan requería el uso de los amuletos. El de Álex, con su radar para detectar a los no muertos y su sexto sentido para la magia. Y el de la propia Ren. Dirigió la vista hacia el ibis. Los demás pensaban que tenía respuestas para todo. «Pregúntale cuál sería el mejor lugar para acampar…» ¡Como si fuera el puñetero Google! En su mente, por desgracia, el ibis planteaba preguntas principalmente. Y pese a todo tendría que volver a usarlo, lo sabía. Y pronto. Notó una sensación rara en el estómago. La gente lo llamaba «tener mariposas» pero ella no se engañaba. Era ácido. Eran nervios.

La última vez el amuleto le había mostrado un valle; les indicó lo que ya sabían. ¿Qué imagen le enseñaría a continuación? ¿La entendería?

Salió a gatas de la tienda y se irguió bajo los rayos del sol.

—Hora de visitar el valle —anunció.

La tienda de los chicos había cobrado forma, aunque fuera una forma un tanto irregular.

—Puede pasar —dijo Álex, que se había incorporado y ahora se frotaba las manos.

Luke miró la destartalada estructura y le chocó los cinco.

Con sus botas nuevas y sus cortas piernas, a Ren le costó lo suyo recorrer a pie el trayecto que los separaba de la cima. La cuesta se tornaba más empinada según se acercaban a la cresta y se inclinaron hacia delante para ayudarse con las manos, casi como si escalaran. El sol estaba más bajo y la sombra era más pronunciada a medida que se aproximaban a lo alto del risco. Debería estar refrescando, pero…

—Estamos a un millón de grados aquí arriba —observó Luke—. Me estoy achicharrando.

Álex fue el primero en alcanzar la cima. Cuando asomó la cabeza por encima de la abrupta cumbre y miró el valle, hizo una mueca, igual que si acabara de meter la cabeza en un chorreante cubo de basura.

—¿Qué pasa? —preguntó Ren cuando Álex devolvió la cabeza a la sombra.

—Hace calor —explicó—. Como un horno a toda potencia.

Ren pensó que exageraba y sacó la cabeza para echar un vistazo.

—Hala —exclamó al tiempo que retrocedía—. Tienes razón. Se podría freír un huevo en esa ladera.

Se inclinó hacia la escarpada y rocosa cresta del monte y alargó la mano despacio. En cuanto sus dedos tocaron el sol del otro lado, tuvo la sensación de estar palpando el interior de un horno encendido.

—Por eso no habrá querido entrar el taxista —supuso Luke tras llevar a cabo un experimento parecido con el codo doblado.

Ren se acercó los prismáticos a los ojos y se echó hacia delante otra vez.

—Ten cuidado —advirtió Álex.

La chica asintió y observó el fondo del valle lo más deprisa que pudo. Mientras giraba la rueda de enfoque, notó cómo el metal se calentaba y su cabello prácticamente empezaba a chisporrotear. Los rayos del sol te aplastaban igual que si alguien te estuviera presionando la coronilla con una sartén caliente. Aguantó el máximo tiempo posible… y luego un instante más. Por fin, cuando creyó que la cabeza le iba a estallar en llamas, retrocedió a la sombra y respiró como si estuviera a punto de ahogarse.

Retuvo la imagen en su mente: el valle al completo titilaba a causa del calor. Era una gran cuenca de tierra requemada, un mar de color tostado salpicado de manchas de arena más clara y roca oscura. Y luego estaban las tumbas: algunas poco más que hoyos excavados en el suelo, otras con puertas y pequeñas estructuras alrededor. Allá donde se perdía la vista había atisbado una especie de estructura mayor, un templo quizás. Y por todas partes había señales, escaleras y zonas para que los grupos grandes hicieran cola. Pero hoy no había colas.

—No hay nadie ahí abajo —informó.

—¿Nadie? —preguntó Álex.

—Nadie —confirmó ella, y ambos supieron de quién estaban hablando. Puede que la madre de Álex fuera más lista que la mayoría, pero no era inmune al calor.

80

—De todos modos sería genial echar un vistazo —opinó el chico—. Si pudiéramos.

—Arderíamos como cerillas —dijo Luke, por si alguien no lo tenía del todo claro.

—Puede que esta noche, cuando baje el sol —propuso Álex.

Ren le lanzó una mirada de advertencia. Cada vez que había visitado una tumba en plena noche, había escapado de la muerte por los pelos.

—Mejor mañana a primera hora —sugirió—. Antes de que el sol pegue con fuerza.

—Sí —dijo Luke, ahora de parte de Ren—. Yo soy más bien diurno.

Álex no insistió. El valle era impracticable, al menos durante el día, y Ren advirtió que el descubrimiento lo había desalentado. Miró a su mejor amigo. *Su gozo en un pozo*, pensó. *Creía realmente que encontraría a su madre ahí.*

Pusieron rumbo a las tiendas, a ratos andando y a ratos deslizándose cuesta abajo. El sol ya se hundía en el horizonte para cuando llegaron. En cuanto sus ojos se acostumbraron a la súbita oscuridad, vieron una hoguera ardiendo en el otro campamento. Ellos encendieron una triste fogata con dos hornillos de acampada y se sentaron alrededor, sobre un terreno arenoso. Ren se interpuso entre las pequeñas llamas rosadas y el otro campamento, para que el fulgor de su hoguera no se viera a lo lejos.

Miró el desierto oscuro y silencioso que los rodeaba. *Ahí fuera podría haber cualquier cosa*, pensó. Recordó a Peshwar, el proyectil de energía que emanaba de su mano. Ren se quedó sin aliento cuando divisó un fulgor más inmediato: un par de ojos de un verde fantasmal que se acercaban por el tenebroso desierto. Entonces se percató de que los ojos estaban muy cerca del suelo. No esperaba sonreír aquella noche, pero lo hizo.

—Tenemos compañía —declaró a la vez que se daba la vuelta para recibir a su invitada.

Pai se internó en el débil resplandor que proyectaban los hornillos. Llevaba algo en la boca: negro como el carbón y lleno de pinchos. Pasó despacio junto a Luke, que retrocedió a rastras por la arena.

—¿Cómo ha llegado aquí ese gato tan siniestro? —preguntó.

Ren se estaba formulando la misma pregunta pero, principalmente, intentaba distinguir aquello que *Pai* llevaba en la boca. El gato momificado miró a Ren con una chispa de orgullo en sus fulgurantes ojos, y luego dejó caer un escorpión grande y negro en la arena, a sus pies.

—¿Es para mí? —preguntó ella con los ojos clavados en el cadáver del arácnido—. No hacía falta que te molestaras.

El Valle de los Reyes

Pese a la hora temprana, Álex abrió los ojos con la primera señal de su alarma. Por fin había llegado el momento de visitar el Valle de los Reyes. Su mente estaba ansiosa por ponerse en marcha, pero su cuerpo protestó cuando se incorporó. Apenas si había dormido. A lo largo de la noche, en dos ocasiones, lo habían despertado unos fogonazos tan brillantes que el interior de la tienda se había iluminado como si alguien hubiera disparado el flash de una cámara. Al principio temió que fueran balizas, que alguien los estuviera buscando por la montaña. Sin embargo, para cuando descorrió la cremallera de la tienda y miró al exterior, la oscuridad había regresado al desierto. Un buen rato después, todavía despierto, advirtió que aquel paraje le producía muy malas vibraciones.

Ahora, mientras trasteaba por la atiborrada tienda a la mortecina luz del alba para ponerse los calcetines, la sensación anterior se convirtió en una duda. Los extraños sucesos del valle coincidían con una pauta que conocía de sobras. *¿Qué provocaba las misteriosas luces y el increíble calor de ahí fuera?*, se preguntó. *¿Qué… o quién?*

De golpe y porrazo, comprendió cuál podía ser la causa de que alguien sufriera una quemadura solar en plena noche… Un Caminante de la Muerte. Ahora estaba despierto del todo.

Se enfundó el segundo calcetín con un raudo movimiento y usó esa misma pierna para propinarle un puntapié a Luke.

—Venga, tío —le dijo—. Ahí fuera no está refrescando precisamente.

Luke gimió y se ciñó la ligera manta de supervivencia.

—Pues aquí dentro se está muy fresquito —replicó el otro.

—Me estoy poniendo las botas —le advirtió Álex—. No me obligues a patearte otra vez.

—Como te atrevas, te haré picadillo, enano —replicó Luke, pero ya se estaba incorporando.

Álex se encasquetó el gorro nuevo y salió de la tienda. Esperó a los demás con impaciencia. Su madre había estado allí. No le cabía ninguna duda. ¿Por qué si no iba a viajar a Lúxor? Puede que en el valle encontrara alguna señal de su paso, alguna pista que solo él pudiese reconocer…

Ren surgió de la tienda contigua. *Por fin*, pensó Álex.

—¿Dónde está tu amiga? —le preguntó.

—De cacería otra vez, supongo —repuso Ren.

—Dile que la próxima vez traiga una hamburguesa —intervino Luke cuando salió a su vez—. Nada de bichos.

Los tres amigos emprendieron el descenso, Álex encabezando la marcha y los otros dos cabizbajos y en silencio unos pasos por detrás. Llegaron al lugar que el taxista se había negado a sobrepasar el día anterior, pero esta vez siguieron avanzando. El sol era una rota yema rojiza que se escurría por encima del horizonte y las pendientes rocosas que dejaban atrás seguían salpicadas de sombras moradas cuando el trío se internó en el Valle de los Reyes.

Estaban solos, pero no por mucho tiempo.

Las paredes del valle se cernían sobre ellos manteniendo a raya al sol naciente y arrojando sombras tenebrosas sobre el paisaje. Era igual que caminar por un mundo secreto. Las botas de millones de turistas habían alisado el compacto terreno, ahora desierto y silencioso. Un pequeño remolino de arena se levantó en aquel momento, como un tornado en miniatura, y todos lo observaron —sobre todo Ren— hasta que se desintegró en un montón de arena. Álex se enjugó la frente. Soplaba un aire caliente. Demasiado caliente para esa hora de la pálida y nublada mañana, pero todavía soportable.

—No podremos quedarnos mucho tiempo —dijo Álex levantando la vista al ominoso resplandor del sol, que ascendía sobre los riscos. Se estaban acercando a la entrada de la primera tumba—. Manos a la obra. Usa tu amuleto, Ren.

—Tú primero —replicó ella a toda prisa.

Álex se encogió de hombros y rodeó el escarabeo con la mano. De inmediato, el pulso se le aceleró y la adrenalina inundó sus venas. Era una sensación física parecida al miedo, al vértigo que te invade momentos antes de que la vagoneta de una montaña rusa se precipite por la pendiente. Cerró los ojos a lo largo de unos pasos para abrirse a lo que el escarabeo quisiera decirle.

Los otros dos observaban atentamente cómo Álex buscaba en su mente ese pequeño estremecimiento, apenas perceptible, que le hablaba de magia y de muerte. Soltó el amuleto.

—¿Qué? —quiso saber Ren, que lo había visto hacer lo mismo otras veces—. ¿Nada?

Él la miró con los ojos abiertos de par en par.

—Está por todas partes —dijo.

—Genial —soltó Luke.

Álex no sabía muy bien cómo explicarlo. En esta ocasión, el estremecimiento no había sido casi imperceptible. Más bien los envolvía como una niebla. Pero era vago, confuso. Buscar actividad sobrenatural en el valle atestado de tumbas de un país encantado se parecía a buscar un penacho de humo en un banco de niebla. No obstante, había otros métodos.

Dejaron atrás la primera tumba y estaban a punto de sobrepasar la siguiente. Se trataba de una de las menos conocidas, en los márgenes del Valle de los Reyes. Apenas si estaba indicada.

—Probemos aquí —dijo Álex.

—¿Has notado algo? —preguntó Ren con un amago de miedo en la voz.

Álex se señaló el oído izquierdo.

—Me ha parecido oír algo.

Los tres amigos se detuvieron a escuchar. Débiles golpes y tintineos surgían del interior de aquella insignificante tumba. Álex extrajo una linterna de su mochila. No sabía quién era el autor de esos ruidos, pero si llevaba un tiempo en el valle era posible que hubiera visto a su madre.

Ren sacó su propia linterna a regañadientes. La encendió y miró los potentes haces de luz con expresión satisfecha.

—Al menos llevamos pilas nuevas —comentó.

—Alucinante —replicó Luke—. Se las podremos tirar a las momias.

Pasando junto a una verja de gruesos barrotes metálicos pintados de blanco, ahora abierta de par en par, se internaron en la oscura boca del sepulcro. Álex oyó el suave gemido que lanzó Ren, pero su propia reacción fue bien distinta. Se sentía como en casa según se sumían en aquel territorio sagrado. Como si se encontrara en el lugar que le correspondía. Sacudió la cabeza con fuerza para quitarse la idea de encima.

Los repiqueteos, golpes y tintineos resonaban en el estrecho túnel, más altos con cada paso que daban. Y entonces, de golpe y porrazo, cesaron.

—Oh, oh… —exclamó Ren. Al momento, alguien preguntó:

—¿Quién anda ahí? ¿Quién es?

Álex buscó desesperadamente su amuleto con la mano libre. Los rayos de sus linternas y el ruido de sus pasos los habían delatado. Pero entonces reconoció la voz.

—¿Izzie? —llamó.

La extraña arqueóloga del embarcadero apareció ante ellos. El haz de la linterna de Álex barrió su rostro e iluminó la *H* blanca de su gorra de béisbol.

—Ah, sois vosotros —dijo la mujer—. Nos habéis asustado, niños.

—¿Nos? —se extrañó Ren.

Izzie se volvió hacia atrás y dijo:

—No pasa nada, Bridger.

Al momento, el túnel se iluminó a espaldas de la mujer y vieron a un hombre que, arrodillado junto a un farolillo eléctrico, aumentaba la intensidad de la luz. El desconocido llevaba una camisa sucia con los faldones colgando por encima de su barrigón y el clásico sombrero de fieltro que parecía casi elegante en comparación con el resto de su atuendo. Detrás de él se abría una gran cámara, ocupada por dos hombres más.

Álex los estudió a la débil luz del farol: camisas en el desierto, gafas de montura metálica, botas recias, la gorra de Harvard de Izzie y el sombrero fedora de Bridger al estilo de Indiana Jones. Conocía de sobras a esa clase de gente.

—Sois arqueólogos —dijo en un tono empapado de alivio.

—¿Cómo lo sabes? —preguntó Bridger, como si Álex los hubiera acusado de algo.

Álex advirtió de repente que todos se habían llevado las manos a la espalda.

—Hum —titubeó mientras su sensación de alivio se esfumaba a marchas forzadas—. Porque mi madre también lo es. Se llama Maggie Bauer. Doctora Maggie Bauer.

Pese a lo extraño de la situación, Álex se sintió invadido por una esperanza eléctrica e incontenible según pronunciaba las palabras. Estaba seguro de que conocían el nombre. A estas alturas, todos los arqueólogos debían de conocerlo: el nombre y seguramente el rostro. Era la mujer que había encontrado los legendarios Conjuros Perdidos. ¿La habrían visto?

Sin embargo, la reacción del grupo fue cualquier cosa menos entusiasta. Un pesado silencio se apoderó de la tumba. Pequeños movimientos proyectaron largas sombras en el halo del farol y un frío palpable recorrió el aire caliente y estancado.

—Deberíais marcharos —dijo uno de los hombres.

Ren intentó aligerar el ambiente.

—Soy Ren —se presentó en tono alegre—. ¿Han acampado en los cerros de los alrededores?

—Puede —repuso Bridger.

—Bueno, no voy a esperar ni un minuto más —se impacientó otro hombre—. Tenemos poco más de una hora.

—Yo tampoco —convino Bridger al tiempo que se apartaba de la luz.

Álex volvió a oír el repiqueteo: *plic, plic, plic...* Y luego unos golpes más fuertes: tunk, tunk, tunk... Algo raro estaba sucediendo en los sombríos muros de la cámara. Los barrió con su propia linterna para ver mejor.

No se lo podía creer.

Plantado delante del muro con una piqueta en la mano, Bridger desalojaba un relieve de piedra. La pieza estaba profusamente tallada, cubierta de profundos jeroglíficos, y sin duda tenía miles de años de antigüedad.

—¿Qué están haciendo? —preguntó Álex.

—Si no lo hago yo, otro lo hará —repuso Bridger sin molestarse en disimular.

—¡Están saqueando una tumba! —exclamó Ren.

Álex la vio enfocar a Izzie con la linterna, como para pedirle a la capitana del grupo que detuviese a sus hombres. ¡Pero Izzie estaba haciendo lo mismo que los demás!

Ni siquiera se volvió a mirarlos cuando la luz bailó por la espalda de su sudorosa camisa.

—¡Basta! —gritó Ren.

Ahora Izzie sí se dio media vuelta.

—Lo siento —dijo a la vez que se protegía los ojos del acusador rayo de luz—. Sois demasiado jóvenes para entenderlo, supongo. Únicamente las tumbas más importantes están vigiladas ahora mismo. Estos objetos son vulnerables. Los estamos protegiendo.

—¡Los están robando! —la acusó Álex.

Un silencio sepulcral volvió a caer sobre la cámara. Álex reparó de repente en que los ladrones los superaban en número: cuatro adultos armados con puntiagudos martillos. No le importó.

—¡Mi madre nunca haría algo así!

—Bueno, ella ya no está aquí —replicó Bridger.

Álex notó que le fallaban las piernas. Cierta palabra acababa de atronar en su cerebro como un cañonazo.

—¿Qué…? —balbuceó—. ¿Qué ha querido decir con «ya»?

—Nada —repuso Izzie antes incluso de que Álex acabara de hablar—. Cállate, Bridger. Eres un bocazas. ¡Y no voy a consentir que tres niñatos me echen un sermón! Ya va siendo hora de que os marchéis.

Álex seguía mirando a Bridger con atención.

El hombre aún no había respondido a su pregunta.

—Pero usted no debería hacer esas cosas —le soltó Ren a Izzie en un tono de decepción infinita—. Es profesora de Harvard.

—Lo era —la corrigió la mujer—. Este será mi billete de vuelta. Ahora marchaos de aquí.

—Un momento —intervino Bridger. El rayo de su linterna bailó por la camiseta de Ren—. Qué collar más bonito. Es un ibis, ¿verdad?

Otro haz se unió al primero para enfocar el amuleto.

Instintivamente, Álex se plantó delante de su amiga y se llevó la mano al cuello, donde pendía su propio talismán.

—Sí, yo también tengo uno, chicos.

—Sí, en serio —intervino Luke, que avanzó un paso hacia Bridger—. Aléjate, tío.

—Ya basta —ordenó Izzie—. No somos ladrones.

Álex ni se molestó en señalar que la piqueta de su mano y el polvo de antigua caliza de su rostro rebatían su afirmación. Apartó la vista con desdén para volverse hacia Bridger. Pronunciando las palabras con suma claridad, volvió a preguntar:

—¿Qué has querido decir con «ya»?

El amuleto seguía en su mano y sabía que podía tumbar a ese grandullón con una ráfaga de viento o incluso propinarle un golpe con su propio martillo, pero un chasquido cambió la ecuación.

¡Click!

A la débil luz del farol, Álex fue incapaz de distinguir cuál de ellos acababa de amartillar su pistola. Reconsideró su postura. Le habría gustado seguir insistiendo, obligar a ese hombre a revelar el sentido de sus palabras. De haber estado solo —acompañado únicamente de su escarabeo— lo habría hecho. Sin embargo, Ren y Luke también estaban allí. Un solo disparo en la pequeña tumba, un único rebote… Pese a todo, necesitaba saber si ese hombre había visto a su madre.

—Me parece que no entiendes el peligro que corres ahora mismo —dijo Álex, y aferró el amuleto con más fuerza.

Pasándose el martillo a la mano izquierda y extrayendo algo de debajo de los faldones con la derecha, Bridger soltó una risotada. Álex no tuvo que oír el chasquido para saber que el hombre empuñaba un segundo revólver.

—Me parece que tú tampoco, niño.

—Oh, por el amor de Dios —exclamó Izzie dando un paso al frente—. Díselo, Bridger. No vamos a disparar a unos niños.

Bridger no hizo ademán de bajar el revólver, pero cedió.

—Muy bien —dijo—. Vi a la doctora Bauer saliendo de la KV 62 hace… ocho, nueve días. A tu madre nunca le han interesado las minucias.

Con un movimiento vago de la pistola, abarcó la pequeña tumba para aclarar a qué se refería.

Álex devoró con fruición las noticias, pero no pensaba permitir que aquel hombre insultara a su madre.

—Ya, y tampoco las roba.

Bridger esbozó una sonrisa sardónica.

—No —replicó—, no roba minucias

Álex avanzó un paso hacia él; Bridger levantó el arma.

—¡Ya basta! —los interrumpió Izzie—. Ya te ha dicho lo que vio. Ahora marchaos y dejad de malgastar nuestro valioso tiempo.

El chico miró a su alrededor: sombras alargadas, armas en ristre, caras de pocos amigos.

—Bien —asintió—. Vámonos.

Los tres jóvenes retrocedieron con cautela hasta salir de la cámara expoliada.

—¿Adónde vamos? —preguntó Ren cuando llegaron al túnel principal.

—A la KV 62 —repuso Álex.

Sabía perfectamente qué tumba era esa —no había ni un solo hijo de egiptólogo que lo ignorase— y también entendía la jerga de Bridger. La KV 62 no era una minucia, ni mucho menos. Y con tres palabras de nada, Álex se lo aclaró a los demás.

—La tumba del rey Tutankamón.

Abrasados

Echaron a andar por el soleado yacimiento. Al principio, Ren se dedicó a criticar amargamente a los ladrones de tumbas. Ningún comentario le parecía lo bastante hiriente para ellos, hasta que por fin lo encontró:

—¡Espero que nunca consigan plaza fija!

Sin embargo, teniendo que soportar el azote de la arena y el aire caliente en el rostro, resultaba más fácil guardar silencio. Álex avanzó como un perro que tira de su correa.

No tardaron demasiado en encontrar la tumba del rey Tutanka-món. La KV 62 constituía la principal atracción del valle y había indicaciones por todas partes, en lenguas diversas. Pero el tiempo no estaba de su lado. El alba había mudado en una mañana temprana. El sol ascendía en el cielo y el calor iba en aumento. La temperatura ya había alcanzado los 35 grados y ascendía rápidamente.

—Mirad —dijo Álex al tiempo que la señalaba—. Es aquí.

Un triste escenario los recibió cuando se aproximaron. Una de las atracciones turísticas más importantes del mundo estaba desierta. No había colas, ningún visitante. Según se acercaban, un desca-charrado taxi dobló un recodo despacio para dejarse ver, como atraído por la perspectiva de unos posibles clientes. Cuando los niños llegaron a la tumba, el conductor bajó la ventanilla y sonrió.

—¡Llegáis justo a tiempo! —dijo. Hablaba con un fuerte acento pero su inglés era fluido—. Estaba a punto de abandonar el valle. ¡Os puedo llevar!

Les propuso un precio.

—¿Podría esperarnos aquí? —preguntó Ren a la vez que señalaba la tumba—. Queremos visitar la tumba

Él echó un vistazo al sol con expresión inquieta y luego negó con la cabeza.

—Dentro de nada el calor será insoportable.

—Ni siquiera son las ocho —alegó Álex. No podía marcharse de allí sin echar un vistazo a la tumba. Su madre la había visitado hacía pocos días… ¡puede que siguiera allí dentro!

—No lo entendéis —insistió el conductor—. Este calor. No es normal. No es… —buscó la palabra en inglés y por fin la encontró— natural.

—Una hora —propuso Luke, y dobló el precio que el hombre había propuesto.

—Media —replicó el taxista, y lo triplicó.

Se estrecharon la mano.

Los amigos se apresuraron junto al enorme cartel que anunciaba la tumba, en árabe en la parte superior y, debajo:

TUMBA DE
TUT ANJ AMÓN
Nº 62

Un escalofrío recorrió el cuerpo de Álex: historia, posibilidad y miedo al mismo tiempo.

Y también algo más. Una sensación. Porque por tórrido que fuera el ambiente, su amuleto estaba aún más caliente si cabe. Lo notaba a través de la camisa: más ardiente y cargado de energía a medida que se acercaban. Lo buscó y lo rodeó con la mano izquierda. La pantalla de su radar interno se iluminó, y no con un brillo difuso esta vez.

—¿Qué pasa? —quiso saber Ren.

Álex respondió:

—Algo gordo.

¿Se tratará de los Conjuros Perdidos, se preguntó, o algo más peligroso?

—Avisadnos si se acerca algún guardia —ordenó Álex cuando empujó la reja.

Los otros dos asintieron. Con los ojos abiertos de par en par y las linternas encendidas, se internaron en la callada oscuridad del sepulcro. Los tres amigos barrieron suelos y paredes con el haz de las linternas, de lado a lado, nerviosos y alerta.

—¡Hola! —gritó Álex. Nadie respondió.

El corazón se le aceleraba más y más según iban dejando las cámaras atrás. Sin embargo, la tumba de Tutankamón era sorprendentemente pequeña —únicamente cuatro secciones, igual que un corazón— y enseguida comprendieron que no había nadie allí. La decepción es un trago amargo, pero Álex se aguantó e intentó concentrarse en los detalles de las cámaras. Las paredes mostraban pocas pinturas y jeroglíficos. El rey niño fue enterrado deprisa y corriendo en una tumba destinada a otra persona. Incluso le habían cortado los pies para que el cadáver cupiera en el sarcófago de segunda mano. Álex había oído todas las teorías: enfermedad, asesinato, traición... Acababan de entrar en la tercera sala, la cámara mortuoria, cuando Álex oyó gritar a Ren.

Desplazó la linterna a toda prisa al tiempo que asía el amuleto con la otra mano, pero ella ya se estaba disculpando.

—Perdón, perdón —dijo. El haz de su propia linterna iluminaba un montón de tela chamuscada y huesos blancos como yeso—. Son huesos —explicó—. Esqueletos.

Álex no gritó, pero estuvo a punto de desmayarse. Miles de puntitos brillantes nublaron su visión. ¿Mamá?

—Creo que hemos encontrado a los guardias —observó Ren con un leve temblor en la voz.

El chico se obligó a respirar, a concentrarse. Los tres amigos barrieron el montón de restos con los rayos de las linternas. Jirones de uniformes carbonizados; los restos de una pistola con el cañón doblado como un grifo; dos cráneos, dos grandes cajas torácicas. Hombres. El horror de Álex mudó en una especie de alivio mezclado con sentimiento de culpa. Los huesos estaban blanquísimos, como por efecto del sol. Recordó las palabras del taxista: *Este calor no es… natural.*

El calor, los fogonazos de luz que transformaban la noche en día, los huesos blanqueados… Todo venía a confirmar su teoría.

—Me parece que estamos en apuros, chicos —dijo—. Creo que hay un Caminante de la Muerte en el valle.

Ren se volvió a mirar a Álex con los ojos abiertos de par en par tanto por el miedo como por lo que acababa de comprender.

—El calor… es una plaga…

—Vaya, genial —resopló Luke.

Ren buscó el teléfono y echó un vistazo a la hora.

—Tenemos que darnos prisa.

Una rápida inspección de la cuarta cámara —la del tesoro, ahora vacía— no reveló más huesos. La madre de Álex tampoco estaba ahí. El chico bajó la vista al amuleto que había heredado de ella. Allí no había ningún Caminante de la Muerte ahora mismo, ninguna momia… Y sin embargo el amuleto se había iluminado con más intensidad que nunca. Aún lo notaba caliente y cargado al tacto. ¿Estaba Álex en lo cierto? ¿Percibía el escarabeo la presencia de los no muertos… o la magia funesta de los Conjuros? Necesitaba más tiempo para seguir buscando. Sabía por experiencia que las tumbas esconden sus secretos a conciencia.

—¿Por qué no echamos un último vistazo? —propuso.

—El taxista se marchará —objetó Ren.

—Pero… —empezó a decir Álex.

Luke posó la mano en el hombro de su primo y se lo apretó con gesto amistoso pero definitivamente firme.

—Si ese tío se marcha —dijo—, nos achicharraremos.

Álex suspiró. Las imágenes de su madre se entremezclaban con los recuerdos de los esqueletos abrasados.

—De acuerdo —accedió. Tendrían que volver otro día.

Se apresuraron hacia la salida, pero según avanzaban Álex atisbó algo que lo hizo parar en seco.

—Qué raro —exclamó.

Estaba en lo alto de la pared, junto a la entrada, entre la luz y la sombra: un disco negro como el tizón dotado de rayos largos y finos que se proyectaban hacia abajo. Cada una de las líneas estaba rematada por un Anj, antiguo símbolo de la vida parecido a una cruz pero con un óvalo en la parte superior.

—¿Qué es? —preguntó Ren, que pasaba la vista del símbolo a la salida. El intenso calor del exterior empezaba a alcanzarlos.

—Es el símbolo de Atón. El disco solar. Tutankamón abolió esa religión —aclaró él como si explicara quién era George Washington—. No pinta nada aquí.

—Nosotros tampoco pintamos nada aquí, chico —le recordó Luke.

Álex sabía que su primo estaba en lo cierto, pero tenía la sensación de que la negruzca pintada era importante. Alargó el cuello para verla mejor. Si pudiera distinguir con qué la habían hecho... o cuándo... En aquel momento, oyeron el motor de un coche que arrancaba. Cruzaron la puerta a trompicones y corrieron a la carretera... justo cuando el taxi se alejaba. En el asiento trasero, Bridger y sus dos compinches los saludaron alegremente. Atisbaron la gorra roja de Izzie en el asiento delantero.

—Serán puercos —se lamentó Ren.

Luke echó a correr tras ellos, pero se detuvo a los pocos metros empapado en sudor. La temperatura había subido diez grados como poco en solo media hora. Estaban a más de cuarenta.

—No me puedo creer que hayamos perdido el taxi por culpa de un símbolo pintado en la pared —se lamentó Ren mirando a Álex de soslayo.

—No parecía pintado —musitó él, distraído—. Parecía marcado a fuego.

Abrasado, igual que los guardias.

E igual que ellos si se quedaban allí mucho más tiempo.

—Bien, vámonos —decidió Álex, y alzó la cabeza hacia el ardiente sol. Su inquietud aumentaba al mismo ritmo que la temperatura—. Si no encontramos un atajo, no saldremos vivos de aquí. Tendrás que usar el amuleto.

Ren titubeó y Álex la vio buscar alguna otra opción a un lado y a otro.

—¿No podemos volver a entrar? —propuso su amiga a la vez que echaba un vistazo a la tumba por encima del hombro.

—¿Y pasar todo el día ahí dentro? —se horrorizó Luke—. ¿Con los huesos?

—¡Ren, venga! —la azuzó Álex—. Si ha sido un Caminante de la Muerte el que ha dibujado eso, podría volver y nos tendría a su merced. Ni siquiera contamos con el Libro de los Muertos para defendernos.

Ren tragó saliva.

—Bueno —accedió—. Lo intentaré.

Ren rodeó el ibis con la mano izquierda. A pesar del calor asfixiante, la pálida piedra blanca estaba fresca al tacto. *Piensa*, se dijo. *Concéntrate. ¿Cómo salimos del valle?* El pulso se le aceleró y una rápida sucesión de imágenes cruzó su mente tan deprisa que estuvo a punto de gritar.

Una senda, lisa y arenosa; el sol asomando por detrás de un alto cerro; un hombre envuelto en una túnica; un hueco oscuro en piedra clara….

Soltó el amuleto, abrumada.

—¿Qué has visto? —preguntó Álex inclinándose hacia ella.

¿Cómo explicárselo? ¿Cómo decirle la simple y llana verdad? *No lo sé.*

—Demasiado —repuso—. Y no lo suficiente.

La expresión del chico mudó en otra de desolación. Incluso Luke, plantado a su lado, torció el gesto. Ren siempre se esforzaba al máximo en conocer todas las respuestas, y ahora ese estúpido amuleto solo le planteaba preguntas. A menos que…

—Puede que sepa por dónde ir —dijo al recordar la primera imagen, la senda.

—¿De verdad? —preguntó Álex.

El sol caía a plomo sobre ella. Se sentía como si la estuvieran horneando. *¡Céntrate, Ren!* Se concentró en la segunda imagen.

—Tenemos que seguir una senda y luego subir a una cresta —explicó.

—Vale —asintió Álex en un tono cada vez más desesperado—. Pero ¿por dónde? Hay sendas por todas partes.

Ren se devanó los sesos. Si se equivocaban de camino, acabarían fritos. En su visión, el perfil de las montañas cortaba el sol por la mitad. El astro ascendía en el cielo.

—Al este —dijo señalando el sol de la mañana.

—¿Seguro? —preguntó Luke. Bajo la gorra, su rostro parecía a punto de estallar.

Ella asintió. Tenían que ponerse en marcha y no podía ofrecerles nada mejor.

- ̄!ay que encontrar una cresta más alta.

Al menos avanzaban en la misma dirección que había tomado el taxi para marcharse.

Recorrieron el fondo del valle lo más deprisa que pudieron bajo aquel sol de justicia. De tanto en tanto, alzaban la vista para comprobar la altura de los riscos que se erguían ante ellos. Dejaron atrás la pequeña pista y tomaron un sinuoso camino por el borde de uno de los barrancos de piedra caliza que rodeaba el valle. El sol de la mañana seguía aún bastante bajo y las montañas les proporcionaban algo de sombra.

Pese a todo, la temperatura continuaba aumentando. Ren notaba también el ascenso de su temperatura corporal. Se sentía como si tuviera fiebre por dentro y por fuera.

Miró a sus amigos: Álex con su ridículo sombrero, Luke con su gorra, ambos sudando la gota gorda, inclinados hacia delante según avanzaban con determinación.

No duraremos mucho, pensó.

—Me siento atrapado aquí abajo —musitó Luke.

Álex asintió.

—Cuando el sol asome por esa cima, nos asaremos vivos —sentenció.

—¡Tenemos que salir de aquí! —gimió Luke. Abandonó el camino y trató de escalar la pared del valle.

Sin embargo, la combinación de rocas y arena suelta dificultaba la escalada, y Ren lo vio resbalar hacia el punto de partida.

Álex se volvió a mirarla.

—¿Ves algo que te resulte familiar? —le preguntó.

Hablaba en tono suplicante, desesperado. Ren miró la senda que discurría ante ellos y luego alzó la vista hacia la cresta. Bien pensado, una senda del desierto es idéntica a cualquier otra. Al igual que un risco. Su seguridad anterior se esfumó y, por un instante, maldijo la hora en la que encontró el ibis. Oteó la lejanía otra vez. Vio un velo de titilante calima alzándose de un oscuro tramo de la carretera que discurría a lo largo del soleado valle. Lo siguió con los ojos.

—¿Eso no es un pequeño edificio? —preguntó.

Los otros dos volvieron rápidamente la cabeza.

—¡A lo mejor tiene aire acondicionado! —gritó Luke, y echó a correr. Álex lo siguió. Ren, en cambio, no quiso apresurarse. Era una pequeña cabaña situada a un lado de la carretera, nada más. No tenía aire acondicionado. ¿De dónde iba a sacar la electricidad?

Cuando llegó, Álex y Luke salían deprisa y corriendo de lo que, ahora lo veía, era la caseta de un guardia o un puesto de control de una sola dependencia, puede que ambas cosas. Divisó el clásico logo del Consejo Supremo pintado a un lado, blanco sobre un fondo rojo, descascarillado del calor.

—¿Hace más fresco allí dentro? —preguntó, aunque ya conocía la respuesta.

—Es un horno —exclamó Álex a la vez que se guardaba una especie de hoja de plástico en la mochila.

—¿Eso es un cuaderno de registro? —preguntó Ren, toda una experta en el tema.

—Es el registro de visitas —repuso él— de la caseta del guardia.

El grupo dejó atrás el pequeño horno rojo y prosiguió la fatigosa marcha por el interior de la freidora. La franja de sombra encogía, empujándolos cada vez más cerca de la pared del valle. Pero entonces…

—Preguntémosle cómo salir de aquí —dijo Álex, que ahora estaba señalando algo.

Ren siguió la trayectoria de su dedo y se quedó de una pieza. Un hombre venía andando hacia ellos. Caminaba a pleno sol, su mitad inferior velada por la calima. Pero una cosa saltaba a la vista: llevaba la típica chilaba de las gentes del desierto, igual que el hombre de su visión.

—¡Eh! —gritó Ren.

—¡Oiga! —lo llamó Luke.

El hombre cambió de rumbo al instante para dirigirse hacia ellos. Y, durante una milésima de segundo, Ren tuvo un mal presentimiento.

El desconocido llevaba un turbante blanco que le tapaba la cara por completo, salvo por una estrecha franja en la zona de los ojos. *¿Sería un habitante del desierto?*, se preguntó Ren. *¿Un nómada?* Había leído acerca de esas gentes. Podían sobrevivir incluso en las condiciones más extremas.

La prenda que vestía era holgada y ligera. El color claro de la tela hacía juego con la arena, y Ren comprendió que debía de ofrecerle cierta protección contra el insoportable calor. El hombre se encontraba ahora a pocos metros.

—¡Hola! —gritó Álex en el tono más alegre que fue capaz de adoptar.

Ren buscó en los ojos del hombre alguna señal de amabilidad o simpatía, pero no encontró nada. Álex debió de advertirlo también, porque se llevó la mano al amuleto.

El hombre habló por fin —apenas unas cuantas palabras—, pero Ren no entendía su lengua. Álex contestó y tampoco comprendió lo que decía. La chica había presenciado eso mismo otras veces. El amuleto proporcionaba a Álex la capacidad de hablar el idioma de los antiguos egipcios. *Pero eso significa…*

Antes de que llegara a formular la idea, el hombre se internó en la sombra que proyectaban las montañas y se transformó por completo. La chilaba tituló y desapareció, al igual que la calima de su alrededor. Un antiguo atuendo reemplazó la chilaba: una túnica blanca adornada con bordados dorados, una falda de similar tejido, sandalias en los pies. Y en la cabeza, un ornamentado tocado. Debajo asomaba un rostro oscuro, como el pelaje de un ciervo, y sembrado de horribles llagas.

Ren comprendió al momento lo que tenía delante… y hasta qué punto se hallaban en apuros.

—Maldito… —empezó a decir Luke, pero antes de que pudiera seguir hablando los ojos del hombre emitieron un destello de prístina luz. Los tres amigos gritaron de sorpresa y dolor. Cada centímetro de piel expuesta acababa de sufrir repentinas y horribles quemaduras, pero ese no era el mayor de sus problemas. Ren parpadeó a guisa de prueba.

Estaba ciega.

—¡Es un Caminante de la Muerte! —gritó Álex. Ren se protegió con las manos los ojos dañados por la luz. No veía nada más que remolinos amarillos y anaranjados.

—¡Corred! —gritó Álex—. ¡Seguid el sonido de mi voz!

Acto seguido, Ren oyó cómo Álex tropezaba y caía de bruces al suelo.

Ren dio media vuelta e intentó correr. Apenas dio cinco zancadas antes de tropezar con algún saliente y estamparse contra el suelo. El terreno duro y caliente le arañó las palmas de las manos.

Notó una corriente de aire y comprendió que Luke acababa de pasar como una centella por su lado. Ren se incorporó como pudo y su vista empezó a aclararse.

Entornando los ojos, se volvió a mirar al hombre, que alzaba los brazos al cielo plantado de cara al sol. Entre sus manos extendidas —y entre los puntos de luz que empañaban la visión de Ren— apareció una turbulenta esfera de fuego. Las llamas arremolinadas en torno a la bola lamían el aire con avidez y Ren notó en la cara el calor que irradiaba.

La ardiente bola aumentó de tamaño y el hombre agachó el rostro hacia la chica, que seguía allí plantada, transfigurada, hipnotizada por el fuego líquido. Los pies de Ren se negaban a moverse, pero su mente viajaba a mil por hora al montón de huesos que habían encontrado en la tumba. Sabía de sobras que los Caminantes de la Muerte se alimentaban de almas y acababa de comprender que este en particular prefería los platos calientes.

El Caminante sonrió al ver el horror grabado en el rostro de su presa.

Tomó impulso con los brazos. Cuando los adelantara, las llamas saldrían disparadas.

Álex seguía cegado por la intensa luz, tenía las rodillas desolladas y su mano izquierda aferraba el escarabeo con tanta fuerza que sus alas amenazaban desgarrarle la piel de las palmas. Una vez más, el Caminante de la Muerte habló para formularles la misma pregunta que antes:

—Niños, ¿a quién adoráis?

Álex sabía que las gentes del Antiguo Egipto eran muy especiales en lo concerniente a sus numerosos dioses, pero ahora mismo tenía un problema más acuciante: *¿cómo detienes a un no muerto armado con un lanzallamas?*

Cuando los ojos fieros y hambrientos del Caminante enfocaron a Ren y el monstruo tomó impulso como un lanzador de béisbol a punto de lanzar una bola envenenada, Álex echó la mano libre hacia atrás y luego muy deprisa hacia delante.

El viento que precede a la lluvia… Su amuleto poseía la magia del desierto, y estaban en el desierto ahora mismo. Una ráfaga tan poderosa que pilló por sorpresa al propio Álex se alzó al instante y barrió el suelo del valle. Álex clavó los talones cuando el viento lo empujó con

103

una fuerza capaz de derribarlo. El viento arrastraba consigo un turbulento y punzante mar de arena. El chico notó el mordisco de miles de aguijones en la piel desnuda de los brazos. Su gorro salió volando y entonces sintió los pinchazos en el cuello y en las mejillas también.

Arrancada del fondo del valle y arrastrada hacia delante, la nube de arena era tan densa que ocultaba el propio sol. El mundo se tornó pardo y luego negruzco. Álex atisbó cómo el resplandor de la llameante esfera se iba extinguiendo. Cuando se apagó, cerró los ojos para protegerlos del punzante tumulto.

Instantes después, todo había terminado. La arena y el viento habían cesado. Álex abrió los ojos y vio a Ren acurrucada contra el suelo, protegiéndose la cabeza con los brazos. Luke estaba un poco más retirado, doblado sobre sí mismo, escupiendo arena. Con el tocado una pizca torcido, el Caminante de la Muerte se había desplomado sobre una rodilla también.

El demonio alzó la vista y Álex contuvo un grito. La arena se le había pegado al rostro, húmedo de purulentas llagas, y el Caminante fulminó a su enemigo con ojos como rojas ascuas.

—¡CORRED! —gritó Álex.

Como alma que lleva el diablo sobrepasaron al Caminante, que se incorporaba despacio. Pusieron tierra de por medio, todos excepto Luke, que se abalanzó contra el demonio con el hombro por delante. Cuando lo empujó con el cuerpo, se oyó un fuerte chisporroteo.

—¡Aaaah! —aulló Luke.

Sin embargo, el placaje surtió efecto y el Caminante volvió a caer al suelo.

Herido o no, Luke corría como un gamo.

—¿Estás bien? —le gritó Álex cuando su primo lo alcanzó.

—¡Nooo! —respondió Luke—. Ha sido igual que placar una hoguera.

Al cabo de unos pocos metros, Álex se arriesgó a volver la vista atrás. El Caminante de la Muerte ya se había levantado. Una vez más había alzado los brazos y, entre sus manos, una nueva esfera de llamas empezaba a lamer el aire. Álex apuró el paso, todavía sorprendido ante esa nueva capacidad de resistencia que, una vez más, estaba poniendo a prueba. Era una tortura correr con aquel calor, pero la desesperación le daba alas. Su cuerpo respondía, su motor aceleraba, aunque en cualquier momento todo estallaría en llamas.

Habían pillado al Caminante desprevenido. Sabía que la próxima vez no tendrían tanta suerte. Antes de que se hubiera dado la vuelta para plantarle cara, Álex habría quedado reducido a un montón de huesos y ceniza.

Buscó alguna vía de escape, pero la roca caliza se alzaba a su izquierda en vertical. A su derecha, la llanura se extendía rasa bajo el sol implacable.

—¡Por aquí! —gritó Ren, que ya había doblado hacia la falda de la montaña.

—¿Por qué? —chilló Álex entre jadeos—. ¿Por dónde?

En ese instante lo vio: una abertura entre dos salientes de piedra caliza. El hueco era mínimo, lo justo para pasar, pero a juzgar por la oscuridad del otro lado debía de ser profundo.

—¿Eso es una cueva o…?

—¡Tú entra! —gritó Luke, adelantándolo.

El chisporroteo sonaba cada vez más alto cuando Álex torció a la izquierda de sopetón. La esfera pasó zumbando junto a su espalda y las llamas le chamuscaron la piel aunque el proyectil hubiera fallado.

El Caminante de la Muerte rugió frustrado… y el rugido sonó muy cerca. Una ojeada rápida lo confirmó. Corría hacia ellos a increíble velocidad, levantando arena con la suela de sus sandalias.

Mirando al frente otra vez, Álex vio cómo Luke y Ren volaban hacia la grieta que se abría a pocos pasos. Era una grieta estrecha, negra como el carbón, cortada en la base de la ladera. Podía albergar cualquier cosa o nada en absoluto… y los amigos la alcanzaron a toda mecha.

Álex vio a Ren desaparecer en la oscuridad.

Y luego a Luke.

Le tocaba a él. Cerró los ojos y se preparó para impactar contra el fondo de una cueva o, como mínimo, contra sus amigos. En lugar de eso, siguió corriendo por un pasadizo estrecho y oscuro.

—¡Por aquí! —gritó Ren allá delante, y su voz retumbó contra la caliza que los rodeaba.

Álex enfiló por el angosto pasadizo: adelante y hacia arriba.

—¡Daos prisa! —gritó antes de volverse a mirar al vuelo el trapecio de luz de la entrada—. Nos pisa los talones.

El corazón le aporreaba el pecho y tenía la parte derecha del cuerpo chamuscada. La oscuridad claustrofóbica tornaba su miedo en algo próximo al pánico. Su atribulada mente solo era capaz de formular las preguntas más obvias: *¿adónde conducía el pasadizo? ¿O acaso sencillamente se estaban internando en la montaña? ¿Corriendo a ninguna parte?*

Al principio, únicamente los pisotones y las respiraciones agitadas de los tres amigos resonaban en el estrecho pasaje de piedra, pero pronto un segundo sonido llegó a sus oídos. Una especie de crujido, como mil insectos devorando algo.

—¡Venga, venga, venga! —gritó Álex al final de la fila.

Allá delante, Ren consiguió por fin extraer la linterna de la mochila. La encendió justo a tiempo de esquivar la pared, que viraba bruscamente.

La chica dobló el recodo y luego Luke hizo lo propio. Álex apoyó la mano para no estamparse contra la pared cuando tomó la cerrada curva a la derecha. La bola de fuego golpeó la pared una milésima de segundo después.

Las lenguas de fuego lamieron la esquina. El pasaje se iluminó y Álex notó una ola de calor tan poderosa que le fallaron las rodillas. Pero la esfera se había apagado contra el muro.

Y ahora una luz brillaba allí delante. No era fuego sino el resplandor del sol.

Los amigos corrieron hacia la abertura lo más deprisa que pudieron, pero les pesaban tanto las piernas y estaban tan agotados que su carrera había mudado en un trote ligero. Ren fue la primera en salir a trompicones. La siguió Luke. Álex volvió la vista atrás por última vez, pero solo vio un humo gris, que se arremolinaba en la oscuridad.

Mirando de nuevo al frente, salió a la luz del sol. Con las manos apoyadas en las rodillas de puro cansancio, Ren y Luke lo esperaban en la ladera del risco, en equilibrio sobre la pequeña cornisa que sobresalía como un labio inferior bajo la boca de la cueva. El valle se extendía al fondo. Luke alargó el brazo para impedir que Álex cayera por el borde de la cornisa.

Álex asintió con la cabeza a modo de agradecimiento, se dobló sobre sí mismo y tosió para expulsar el humo de los pulmones. Miró hacia arriba con el fin de calcular la distancia que los separaba de la cima.

—Mirad eso —indicó Luke—. Creo que es un camino.

Álex obedeció y le habría entrechocado el puño a su primo de haber tenido fuerzas. Desde la cornisa, una antigua senda ascendía en zigzag por la ladera del risco hasta la cima y de allí al exterior del valle. Álex se volvió a mirar el pasadizo y lo entendió: era una ruta secreta, que los antiguos ladrones de tumbas debían de usar para salir del valle. Cansado, acalorado, abrasado, sediento y retorciéndose como consecuencia de un calambre en el costado, Álex enfiló la senda lo mejor que pudo a la zaga de la cola.

—¿Cómo sabías que la cueva era una vía de escape? —le preguntó a Ren cuando el aire puro volvió a inundar sus pulmones.

—En realidad no lo sabía —repuso Ren—. Pero tenía la esperanza de que no me la jugara dos veces.

Álex no supo a qué se refería, pero el ascenso era demasiado duro para interrogatorios o respuestas complicadas. En vez de hacer más preguntas, se concentró en seguir moviendo los pies y mantener los ojos abiertos. No había ni rastro del Caminante en la ladera que dejaban atrás, pero tenían por delante un nuevo desafío. El sol, según ascendía en el cielo, devoraba las últimas sombras y ahora remontaban la cuesta bajo un calor implacable. Avanzaron con paso cansino, cabizbajos y en silencio salvo por sus fatigadas respiraciones, hasta que por fin coronaron la cresta.

En algún momento del ascenso, Álex había adelantado a Ren. Ahora le tendió la mano y la ayudó a alcanzar la cumbre al mismo tiempo que él. Luke ya se había desplomado en el suelo. En cuanto rebasaron la cima, notaron el ambiente más fresco. Incluso el calor directo del sol del desierto palidecía en comparación con la sauna sobrenatural del valle. Durante un minuto quizá, se limitaron a quedarse tendidos de espaldas y respirar.

Luke sacó una botella de agua de la mochila, bebió y se la pasó a su primo.

Era lo mejor que Álex había probado en su vida. Echó dos ávidos tragos, se enjugó la boca y le tendió la botella a Ren. Ella bebió tanto rato que hasta un camello la habría aplaudido.

—¿A quién te referías cuando has dicho que no te la jugaría dos veces? —preguntó Álex, retomando por fin la pregunta que había aplazado durante el ascenso—. ¿Al Caminante de la Muerte?

Ren alzó la vista al brillante cielo azul y negó con la cabeza.

—A mi amuleto —respondió.

El visitante nocturno

Anocheció. La temperatura había caído en picado, pero Álex todavía notaba la piel inflamada allí donde la bola de fuego le había rozado. A Luke le habían salido ampollas en las partes del cuerpo que habían impactado contra el Caminante. Y Ren estaba tan requemada como los demás a causa del cegador fogonazo.

Descansaban alrededor de la pequeña fogata que habían encendido y se movían lo menos posible. Les dolía todo.

—Jo, necesito una crema —se quejó Luke al tiempo que se señalaba una llaga en la zona del codo.

Se había acomodado en una silla plegable. Aparte de un montoncito de leña reseca, que también estaban usando, la silla era lo único que quedaba del campamento de los saqueadores. Álex suponía que, como los habían pillado con las manos en la masa, los sigilosos bandidos habrían buscado un escondrijo aún más apartado.

—Todo ha sido una trampa —gimió Ren, dale que te pego con su lista de quejas—. Hesaan sabía que había un Caminante de la Muerte por aquí y nos envió directamente a la boca del lobo…

—Y esto también explica por qué había alguien en el tren —apuntó Luke.

Álex apenas si los oía. Estaba demasiado ocupado revisando el registro de visitas que se había llevado de la caseta del guardia. El protector de plástico se había derretido en parte y notaba las hojas del interior resecas y frágiles al tacto. Le recordaban a antiguos papiros y como tales los trató.

Pasó la página y la acercó al resplandor del fuego. Una vez más, tenía delante filas y filas de nombres y fechas anotados a mano. Casi todos estaban en árabe, pero se concentró en las inscripciones en inglés. Había una columna de nombres escritos en mayúsculas, otra de firmas y una tercera con lo que debían de ser los motivos de la visita. Una fecha aislada en inglés le informó de que se estaba acercando…

—Bueno, da igual —prosiguió Ren—. Les tendieron una trampa a los chicos equivocados. Nosotros sabemos tratar a los Caminantes de la Muerte.

Luke se retrepó en la silla y gimió un «ah, ¿sí?». Álex alzó la vista del registro.

—Ese ser está matando gente, Luke —continuó Ren—. Tenemos que encontrar el Libro de los Muertos. Me juego algo a que hay uno en Lúxor. Y tenemos que averiguar quién es el Caminante de la Muerte para saber qué conjuro usar contra él.

Álex miró el fuego y parpadeó unas cuantas veces para refrescarse los ojos, fatigados de tanto leer a la pálida luz de la hoguera. Estaba seguro de que algo se cocía en la tumba de Tutankamón. Los huesos, el símbolo de Atón grabado a fuego… Pero, por encima de todo, la sensación que le había transmitido el amuleto. No se habría iluminado de ese modo por nada. Allí había algo gordo. Y si eran los Conjuros, que estaban escondidos por ahí dentro…

—Vale —dijo. Ahora le tocaba a él hacer de abogado del diablo—. Hay que volver a la KV 62 y, si regresamos al valle, tendremos que enfrentarnos a ese tío.

—Lo que tenemos que hacer es asegurarnos de no acabar convertidos en beicon frito —replicó Luke.

—Deberíamos volver a Lúxor a primera hora de la mañana —opinó Ren—. No podemos enfrentarnos a un Caminante de la Muerte sin el Libro de los Muertos.

Álex, sin embargo, no podía concentrarse en Lúxor. Su mente seguía en el desierto.

—Creo que los Conjuros deben de estar ahí abajo. El escarabeo se volvió loco en esa tumba. Es posible que mi madre los devolviese a su sitio, para ponerlos a salvo.

Le agradaba la idea. Explicaba por qué su madre se había desplazado a Egipto por su cuenta, en secreto. El gesto revelaba cierta nobleza, incluso. Pero los otros dos acogieron la teoría con escepticismo.

—¿De verdad crees que están ahí? —preguntó Ren—. Revisamos la tumba de arriba abajo.

Animado por su nueva hipótesis, Álex esbozó una pequeña sonrisa. Acercó el tostado rostro a la hoguera.

—Creo que estamos muy cerca. A punto de quemarnos…

El sonido de las suaves risas los roció como agua de mayo en la noche del desierto.

Sin embargo, justo cuando Álex alargaba la mano para recoger el registro de visitas, oyó algo.

—¡Chist! —exclamó—. ¿Qué ha sido eso?

Los otros dos se quedaron petrificados.

Tsss-tsss-tsss-tsss.

Fue un ruido casi imperceptible, como si alguien hundiera una afilada navaja en un saco de harina.

—Lo he oído —susurró Ren con ojos como platos—. Viene de… —Se volvió y señaló algo en el mismo instante en que la autora del ruido se internaba en el fulgor de la moribunda hoguera—. Es *Pai* otra vez.

—Mmmmur rack —maulló la momia gato.

Luke la miró con recelo.

—No trae hamburguesas —observó.

Ren se quedó sentada en la arena e intentó convencer a *Pai-en-Immar*, sagrada sirvienta de Bastet, de que se acomodara en su regazo.

—Hace que me sienta segura —explicó.

Alguien habló al otro lado de la hoguera, una voz clara y casi cantarina, pero en una lengua antigua.

Las tres cabezas humanas se giraron a toda prisa, e incluso *Pai* echó un vistazo por encima del lomo.

Luke se echó hacia atrás, asustado. Sacudiendo los brazos con frenesí, cayó al suelo con silla y todo.

—¡Agh! —exclamó mientras hacía esfuerzos por levantarse—. ¿Quién es? ¿El Caminante?

—A este no lo entiendo —dijo la figura, señalando a Luke.

Álex había rodeado el amuleto con la mano por puro instinto de supervivencia. Comprendió las palabras, pero tardó unos instantes en reunir el valor necesario para responder.

—Te conozco —consiguió articular por fin a la vez que alzaba la vista sin levantarse.

—A ti sí que te entiendo —repuso la figura, y avanzó otro paso hacia la luz. Se quedó pensativo un momento antes de mostrarles la palma de la mano y elevarla unos centímetros—. Debéis incorporaros, súbditos míos.

Álex y Ren se pusieron de pie despacio y Luke los imitó unos momentos después.

El primero bajó la vista.

—Tienes… tienes pies.

El joven, que rondaría los dieciocho años, tenía la piel oscura y unos rasgos hermosos que les resultaban familiares. Lucía una suntuosa túnica. Se miró los pies.

—Sí —asintió—, pero nunca me han gustado estas sandalias.

Aparte de las sandalias, llevaba los pies desnudos, igual que la cabeza y las manos, pero prietos vendajes de lino asomaban bajo la orilla de su vestimenta. Fijándose con más atención, Álex reparó en las tiras que lo cubrían debajo de las prendas, en la zona del cuello y las muñecas.

La figura alzó la vista y encontró la mirada de Álex, que lo observaba fijamente. El chico no pretendía ser grosero, pero no se lo podía creer. Reconocía el rostro, claro que sí. Era idéntico al de la máscara funeraria de oro más famosa de la historia.

—Tutankamón —dijo en tono quedo y reverente.

—Sí —repuso el rey niño—, pero podéis llamarme Faraón, Gobernante Supremo o Todopoderoso Emisario del Gran y Único Amón-Ra. Como os sintáis más cómodos.

—¿Rey Tut? —intervino Ren, que no daba crédito.

—Sí —dijo el soberano, y se encogió de hombros—. Supongo que con eso bastará.

Álex echó una ojeada a Ren y la vio mirarse el pecho, allí donde su mano rodeaba el ibis. Ahora Ren también hablaba la lengua de los antiguos egipcios.

—¡Tííííío! —exclamó Luke señalando a Tut al mismo tiempo—. Eres famoso.

Tut lo contempló impertérrito y luego se volvió hacia Álex.

—¿Qué significa «Tííííío»? ¿Acaso es el nombre de este extraño muchacho?

Álex miró de reojo a su primo.

—Más o menos —dijo.

—Ya veo —respondió Tut—. Pero me estoy cansando de vosotros. Ahora acariciaré a vuestro gato, pues tal es mi derecho divino.

Pai, por lo visto, no opinaba lo mismo.

Tut avanzó un paso hacia *Pai* y el gato retrocedió.

Un segundo paso y bufó.

—Va a ser que no —dijo Tut mientras se apartaba—. No me gustaría recibir un arañazo —miró a *Pai*—. Muy bien, bestezuela inmunda. Saco de pulgas. Fui yo el que restauró el culto a los antiguos dioses, tu ama incluida. Fui yo el que reconstruyó sus templos. ¡Sigue bufando!

Tut se encaminó hacia Luke, que retrocedió al instante, pero no tan deprisa como para evitar que el rey niño le arrancara la gorra de los Yankees de la cabeza.

—¡Eh! —protestó Luke. Tut lo ignoró, y se volvió hacia los otros dos. Sosteniendo la gorra con un lánguido gesto, señaló la N y la Y entrelazadas.

—No estoy familiarizado con este jeroglífico —observó—. ¿Qué significa?

—Algunos lo llaman «el imperio del mal» —repuso Álex, fan de los Mets hasta la médula.

—Mmmm —meditó Tut—. Con eso sí estoy familiarizado.

—¿Qué, ejem, qué haces aquí? —preguntó Álex antes de añadir a toda prisa—: ¿Su, ejem, Majestad?

Tut lo meditó un segundo a la par que observaba la ropa sucia de los chicos y su piel requemada con cierto desdén.

—He visto el fuego —explicó. Dejó caer la gorra en la arena y empezó a alejarse—. Y en cualquier caso —añadió—, estoy buscando una cosa.

Sin añadir nada más, desapareció en la noche para proseguir su búsqueda.

Excursión a la ciudad

Álex, Ren y Luke procedían de Nueva York, así que habían visto a alguna que otra celebridad a lo largo de su vida. Pero solo a celebridades vivas.

Hablar de Tut les dio algo de energía mientras se abrían camino, a través de la mañana egipcia, hacia el primer transbordador a Lúxor.

—A mí me ha parecido como muy creído —opinó Luke—. Superendiosado.

—A los faraones les decían que eran dioses encarnados —alegó Álex con timidez—. A ti también se te subiría a la cabeza.

—Ya, pero es que me tiró la gorra.

Álex se encogió de hombros.

—Solo es una gorra de los Yankees.

Luke resopló por la nariz.

—Por favor —replicó—. Los Mets son una porquería. ¿Cómo es posible que seamos primos?

—Pero era bastante guapo —terció Ren.

Ahora fue Álex el que resopló por la nariz.

—En realidad no lo era —dijo—. O sea, en vida.

—¿No? —se extrañó Ren, cuya voz delató cierta decepción.

—Para nada —declaró Álex en tono triunfante—. Era un chaval delgaducho y dentudo. Asistí a una exposición en la que reconstruyeron su rostro mediante radiografías.

—Un pringado —soltó Luke—. El típico pringado de los Mets.

—Pues ayer por la noche no parecía delgaducho —objetó Ren.

Luke asintió.

—El tío estaba cachas.

—Sí, era idéntico a su máscara funeraria —reconoció Álex.

—Claro —dijo Ren. Esa lección se la sabía—. Los antiguos egipcios creían que si construían tu efigie antes de que murieras, podías habitarla en la otra vida y tal. Tu espíritu podía adoptar la apariencia de tu imagen. ¿Os acordáis de que el último Caminante de la Muerte era idéntico a su estatua? Tut se parecía a su máscara.

—Igual de pringado pero más grandullón —replicó Luke—. Un friki. —En aquel momento, tuvo otra idea—. Yo ordenaré que me construyan una estatua de seis metros de alto.

Doblaron un recodo y el Nilo apareció al fondo, una gruesa cinta negra a la tenue luz de la mañana.

En el interior del transbordador, la tripulación superaba en número a los pasajeros. Los tres amigos, llagados y chamuscados, tomaron asiento con dificultad. Juntaron las cabezas y contaron cuánto dinero les quedaba después de comprar los pasajes. No creían que les llegara para medicamentos.

—Cuando llamemos a Todtman, podemos pedirle que nos envíe dinero —propuso Álex.

—O quizá que lo traiga consigo —señaló Ren—. Ahora que sabemos a lo que nos enfrentamos aquí, es probable que venga a echarnos una mano.

Álex esperaba que tuviera razón. Con Todtman, su potencia de fuego sería mucho mayor.

Cuando se acomodaron para el viaje, Álex sacó el registro de visitas.

—¿Aún no has acabado con eso? —preguntó Ren.

—Me costaba mucho leer a la luz de la hoguera —alegó él en su defensa—. Apenas si…

Sin embargo, al bajar los ojos a la línea siguiente se percató de que en realidad sí había terminado. Dejó de hablar e incluso de respirar durante un rato.

—¿Qué pasa? —quiso saber Ren, que se arrimó a su amigo para echar un vistazo.

Álex señaló una entrada situada hacia la mitad de la página, escrita a lápiz con trazo suave. Ren se inclinó para leerla.

—¿Quién es Ángela Felini?

—Era mi niñera —repuso Álex—. En tercero de primaria.

—¿Te refieres a Angie? ¿Angie, la de la coleta? ¡Era tu favorita!

Álex asintió.

—Y también la favorita de mi madre —clavó el dedo en el quebradizo papel—. Y esta es la letra de mi madre.

—Entonces —se extrañó Luke—, ¿tu niñera ha estado aquí o no?

Álex sacudió la cabeza con aire distraído. Estaba observando la última columna, a la altura de la falsa firma escrita a mano. Razón del registro: partida.

—Mira la fecha —señaló Ren, pero Álex ya lo había hecho.

Su madre se había marchado. Tan seguro como que Ángela Felini se había mudado a Alexandria, Virginia, Maggie Bauer había pasado por el puesto de control a su salida del valle siete días atrás, había firmado con un nombre falso y se había esfumado. Observó esa escritura que tan bien conocía. ¿Cuántas notas había leído escritas con esa misma letra? ¿Cuántas tarjetas de cumpleaños?

—Al menos ahora estamos seguros —observó Ren propinándole a su amigo una palmada amistosa en el hombro—. Tu madre estuvo aquí. Ahora debemos averiguar si dejó algo tras de sí.

117

Álex sabía que se refería a los Conjuros, y también era consciente de que Ren tenía razón. Sin embargo, una nueva duda lo atormentaba: *¿por qué ese nombre? ¿Fue el primero que se le ocurrió… o contiene un mensaje?*

Llamaron a Todtman desde la terraza de una pequeña casa de té que había a orillas del río en cuanto bajaron del barco. La llamada fue a parar directamente a un buzón de voz.

—Estamos en Lúxor —dijo Álex—. Llámenos cuanto antes, por favor. —Se interrumpió cuando dos hombres pasaron por su lado, uno de camino a la casa de té y el otro saliendo de esta—. Hemos encontrado algo y… algo nos ha encontrado. Es importante. Llámenos. Vale, esto, adiós.

—¿Por qué no ha contestado? —se extrañó Ren.

—Es muy temprano —afirmó Álex—. Ya nos llamará.

Se encaminaron al casco antiguo de la ciudad. En las remotas montañas del desierto se creían más o menos a salvo de la Orden, pero ahora que volvían a estar en mitad del bullicio, Álex se sintió expuesto y vulnerable. Y casi de inmediato atisbaron un revuelo callejero. Una pequeña multitud se había congregado junto a la entrada del Templo de Lúxor.

Álex, que estaba masticando uno de los empalagosos dulces que vendían en la casa de té, se limitó a mirar a los demás enarcando las cejas.

—Echemos un vistazo —propuso Ren, que se había tragado su dulce como un aspirador a todo trapo.

Cuando se acercaron, vieron una grúa dejando caer un gigantesco bloque de piedra en un enorme camión.

—Se están llevando las piedras del dromos —observó Álex en un tono apagado, como si no pudiera creer lo que estaba viendo.

—¿De dónde? —preguntó Luke.

Álex señaló el camino flanqueado de monumentos que unía el templo de Lúxor con el de Karnak.

—Esas piedras —explicó Álex— son supersagradas.

Contempló boquiabierto cómo la grúa izaba otro enorme bloque para trasladarlo a la caja del camión. Una esfinge con cabeza de carnero que llevaba miles de años descansando sobre aquel pedestal reposaba ahora en el triste suelo, mudo testigo del ultraje. La multitud protestaba y se abría paso a empujones. Uno de los monumentos más importantes de la ciudad estaba siendo desmantelado ante sus ojos.

En aquel momento, Álex vio a los guardias de seguridad. Los hombres, media docena, avanzaron un paso hacia el gentío, que retrocedió al instante. Al principio Álex los había tomado por trabajadores, pero cambió de idea al ver las pistolas que esgrimían. Llevaban idénticos uniformes de estilo militar, pero ninguna insignia. No pertenecían al ejército ni a la policía.

¿Y dónde está la policía? Álex buscó entre la multitud y divisó a Ren, que se había adelantado.

—¿Por qué no los detienen? —le estaba diciendo a una pareja de agentes que permanecía algo apartada del gentío, con los brazos cruzados.

Álex corrió hacia ella. El primer policía se limitó a negar con la cabeza, sin comprender, pero el segundo hablaba inglés bastante bien.

—Por lo que parece, los documentos están en regla —explicó—. Aprobados por el gobierno…

Álex comprendió, por su modo de decir «por lo que parece», que no se lo tragaba. Y a juzgar por las adustas expresiones de sus rostros, dedujo que ninguno de los dos estaba conforme con lo que estaba sucediendo.

¡Pum-FUMMMMPP!

Álex se dio media vuelta cuando el inmenso bloque de piedra cayó en la caja del camión. Ya había otros cuatro allí, y le pareció que la enorme carrocería del vehículo se hundía bajo el peso.

Al otro lado de la grúa, gritando algo a un operador, había una mujer vestida con un impecable traje chaqueta que caía holgado sobre su casi esquelético cuerpo.

Peshwar.

—¡Ren! ¡Luke! —gritó, y les indicó por gestos que volvieran a mezclarse con la multitud—. Peshwar está aquí —explicó.

—Entonces, ¿la Orden está detrás de esto? —preguntó Ren, nerviosa. Álex la vio examinar mentalmente las piezas del puzle—. ¿Para qué necesita la orden un montón de pedruscos?

El motor del camión arrancó y la multitud reanudó los abucheos mientras los escacharrados tubos de escape escupían dos penachos de humo negro.

—No son pedruscos —objetó Álex—. Son piedras sagradas.

Sin embargo, seguía sin saber para qué las querían. Se volvió a mirar cómo el camión se ponía en marcha, cargado con aquellas piedras sólidas y pesadas. ¿Acaso los antiguos bloques poseían algún tipo de poder?

Unos cuantos hombres intentaron cortarle el paso al camión. Alguien disparó al aire a guisa de advertencia. Se oyeron protestas airadas, pero al final los hombres se apartaron y la multitud se dispersó. Los amigos se alejaron entre el gentío para internarse en una calle secundaria.

Momias ausentes

—Estoy pegajosa —se quejó Ren.

—¿Estás seguro de que esto es un medicamento y no pasta de dientes? —preguntó Luke. Extrajo de la mochila el tubo de crema que acababan de comprar y leyó la etiqueta con expresión concentrada, como si a base de entornar los ojos los caracteres árabes fueran a revelar su sentido.

—¿Totalmente seguro? —insistió Ren al tiempo que agitaba su guía con el glosario de términos árabes hacia los otros dos.

—Creo que está surtiendo efecto —dijo Álex—. Ya no me escuece tanto el cuello.

—Sí —asintió Luke, mirándose la enrojecida piel del brazo—. Al menos no me saldrán caries en los bíceps.

Caminaban pegados a los edificios, haciendo lo posible por pasar desapercibidos. La leona estaba en la ciudad, pero ni en sueños se iban a marchar hasta haber dado con alguna pista sobre la identidad del Caminante de la Muerte y algún ejemplar del Libro de los Muertos. Enfilaron por una calle llamada Corniche el-Nile de camino a su primer destino, el famoso Museo de la Momificación de Lúxor.

—Esperad. Tengo que llamar a casa —dijo Luke cuando llegaron a un trecho de calle tranquilo, flanqueado por edificios aparentemente desiertos—. Hace días de la última vez.

Sacó el móvil y desapareció por la esquina de una de las construcciones.

Regresó pocos minutos más tarde pálido como el papel, algo aún más impactante si cabe habida cuenta de la rojez de su piel. Álex le lanzó una mirada inquisitiva pero Luke bajó la vista y evitó los ojos de su primo.

—Me he metido en un buen lío —declaró.

Álex no tuvo que oír más. Sabía que, si estaban allí, era gracias a una frágil red de excusas y medias verdades. Los padres de Luke lo suponían en un campamento deportivo de Londres —hasta ese momento, cuando menos— y los de Ren pensaban que su hija estaba haciendo prácticas en el Museo Británico, o eso esperaba Álex.

—Yo también debería llamar —dijo Ren.

Su amigo pensó que la llamada podía esperar, pero se calló. Sabía que Ren añoraba su hogar. Los otros dos aguardaron mientras ella desaparecía en el callejón que acababan de adoptar como improvisada cabina telefónica. Volvió un ratito más tarde y, a juzgar por su expresión, su llamada había ido mejor que la de Luke; o que la de Álex a Todtman, que seguía sin responder. Ren hojeó la guía para echar un último vistazo al mapa.

—Estamos a pocas manzanas de allí —informó.

Unos minutos más tarde, descendían por la blanca escalinata que daba acceso al museo. *Subterráneo, cómo no*, se lamentó Álex.

El museo de las momias funcionaba con el mínimo personal indispensable.

Por lo que Ren alcanzaba a ver, solo había allí dos hombres. El más joven les cobró las entradas en el vestíbulo.

—Aquí las tienen —dijo con marcado acento francés—. *Merci.*

En cuanto estuvieron a salvo de oídos indiscretos, pusieron manos a la obra.

—Tenemos que buscar el Libro, pero también momias ausentes —susurró Álex.

—¿Por qué tenemos que buscar momias si a dos pasos de aquí hay todo un valle lleno de tumbas? —protestó Luke en un tono entre enojado y resignado.

—El Valle de los Reyes ha sufrido infinitas excavaciones —cuchicheó su primo—. Las momias importantes están supervigiladas. Muchas de ellas se encuentran en los museos de la ciudad. Si averiguamos cuáles han echado a andar, nos costará menos deducir la identidad del Caminante de la Muerte. Tenemos que descubrir quién era en vida para saber qué conjuro utilizar contra él.

Luke ya lo sabía, pero se limitó a asentir con aire distraído. Ren advirtió que seguía preocupado. Se acercó a él.

—¿Estás disgustado por lo de tus padres? —le preguntó.

—Sí —repuso Luke—. Más o menos.

—Qué faena —dijo ella al tiempo que extraía un boli de la mochila. Los suyos aún no la habían descubierto. Seguían mirando la BBC cada noche como esperando ver a su hija en las noticias; y se había alegrado mucho de charlar con ellos.

Inspeccionaron el adormilado museo.

El francés los siguió discretamente por las primeras salas, pero se esfumó después de comprobar que eran unos visitantes modelo.

En la sala siguiente, encontraron los primeros retazos del Libro de los Muertos.

—Aquí hay una parte —comentó Álex señalando con un gesto la momia que tenía delante.

—¿Dónde? —preguntó Ren.

—En los vendajes.

Ella se acercó a mirar. La tinta estaba desvaída y el lino se había oscurecido con el paso del tiempo, pero lo distinguió por fin: pulcras hileras de símbolos jeroglíficos acompañadas de minúsculos dibujos. A esas alturas ya reconocía el juicio de los muertos: una balanza con un corazón a un lado y una pluma al otro. El dios Tot estaba allí para registrar el resultado: ¿aumentaría el peso del corazón como consecuencia de la culpa y el alma del difunto sería destruida para siempre?

Tot tenía cabeza de ibis. *Por el bien de este tío*, pensó Ren mirando la momia, *espero que su ibis sea más fiable que el mío*. No entendía por qué su amuleto fallaba tan a menudo. Se esforzaba tanto cada vez que lo usaba…

—No se te ocurra pedirnos que saquemos a ese tío de aquí —le susurró a Álex.

—No —repuso él—. De todas formas, aquí solo hay unos cuantos conjuros. Y aún no sabemos cuál es el que necesitamos.

Ren asintió. En Londres habían usado un conjuro de protección contra los ladrones de tumbas para ahuyentar a un Caminante famoso por saquear sepulcros. Encontrar la momia indicada les ayudaba a saber a qué Caminante de la Muerte se enfrentaban… y qué ensalmo emplear contra él. En esta ocasión tuvieron más suerte. Lúgubres carpas de lona negra cubrían tres de las momias expuestas en el museo, como si hubieran acampado en la otra vida.

—¿Crees que se habrán marchado? —preguntó Ren—. ¿O simplemente se estarán moviendo ahí abajo?

Dos momias habían cobrado vida en el Museo Metropolitano de Nueva York: una niña que cambiaba de postura en su ataúd abierto y el Hombre Aguijoneado, que abandonó el suyo.

—No lo sé —dijo Álex, pero eso fue antes de que echara mano de su amuleto.

Los ojos del chico se tiñeron de negro, ventanas a un mundo que a Ren le provocaba escalofríos. Apartó la vista.

124

—Se han ido —informó él. El blanco y el marrón retornaron a sus ojos cuando soltó el escarabeo—. Las tres.

¿Será alguna de esas momias el Caminante de la Muerte? Ren se paseó por la zona escribiendo la información relativa a las tres en la libretita que siempre llevaba consigo. La placa informativa que acompañaba a la primera decía:

KHAEMKHEMWY, NOBLE, MUERTO HACIA 2217 A. C.

La segunda pertenecía a un sacerdote:

AKHENOTRA, SACERDOTE REAL DE LA CORTE DEL FARAÓN AKENATÓN, MUERTO HACIA 1319 A. C.

—¡Esta es reciente! —exclamó cuando se acercó a la tercera placa—. Murió hacia el año cien antes de Cristo.

Luke despegó los ojos del suelo para leer la placa.

—Adinerado mercader del desierto —dijo—. Seguro que llevaba túnicas lujosas.

Ren recordó el aspecto del Caminante cuando se acercó a ellos por el terreno arenoso. Escribió el nombre, Thetan-Anj y lo subrayó dos veces.

Echaron un último vistazo por el pequeño museo pero, por lo que parecía, las otras momias seguían allí… y descansaban en paz. Casi habían regresado al punto de partida cuando lo vieron: otra reproducción del juicio de los muertos, la ceremonia en la que se pesaba el corazón. Sin embargo, el corazón de aquella pintura era tan diminuto que más parecía el juicio de una pulga.

Álex se volvió a mirar lo que Ren le señalaba y se mostró sorprendido.

—¿Está entero? —preguntó a la vez que echaba un vistazo a los dos rollos extendidos, cada uno sobre una plancha de poco más de medio metro.

Ren ya se había acercado a leer la placa informativa que había debajo de la vitrina.

«El Libro de los Muertos de Hebsany —decía—. Hebsany fue un escriba rico que se hizo famoso por su talento como dibujante y copista. A tenor de su profesión, es probable que confeccionara su propio Libro de los Muertos. Sigue siendo la copia completa más pequeña que se ha encontrado jamás.»

—¡Completa! —Ren dio un respingo hacia atrás… y chocó con Álex, que leía por encima de su hombro—. ¡Cuidado! —dijo.

Álex se llevó un dedo a los labios para hacerla callar.

—Es perfecto —susurró, y Ren supo al instante que se proponía sustraerlo.

—¿Cómo? —articuló con los labios.

Álex señaló su amuleto con un gesto.

—Si consigo abrir la vitrina sin que se disparen las alarmas, podría guardarme las planchas en la mochila.

Instintivamente, Ren y Luke echaron un vistazo a su alrededor. La entrada quedaba al otro lado de la puerta y, desde donde estaban, alcanzaban a oír la queda conversación de los dos guardias del museo.

Ren lo meditó un instante.

—Yo me ocuparé de ellos —dijo—. Ten cuidado… y date prisa.

Dio media vuelta sobre los talones de sus botas y se encaminó al vestíbulo a paso vivo.

—¡*Bonjour!* —saludó en tono alegre—. *¡Mon nom est Ren!*

Su francés dejaba mucho que desear, ya lo sabía, pero ¿qué mejor ocasión para practicarlo? Solo esperaba no tener que concluir la lección en la cárcel.

Se oyó un sonoro *clong* procedente de la sala contigua. El francés lanzó a su *petit inquisiteur* una mirada torva y echó a andar. Deprisa y corriendo, Ren le preguntó desde atrás:

—¿*Comment allez-vous? ¿Oú sont les toilettes?*

Cuando el vigilante estaba a punto de doblar el recodo que llevaba a la sala en cuestión, Álex y Luke salieron tan anchos.

—¡Ah, ahí estás, Ren! —exclamó Álex. Su amiga se preguntó si alguien más habría reparado en la fina capa de sudor que le perlaba la frente—. Te estábamos buscando. Bueno, es hora de irse.

—Gracias, chicos —se despidió Luke mientras los tres amigos cruzaban la puerta principal—. Bonito museo.

Los dos hombres los despidieron con mínimos gestos de adiós y expresiones un tanto perplejas. Ren había ascendido la mitad de las escaleras que daban a la calle cuando la puerta se abrió de golpe a su espalda. Los amigos echaron a correr cuando los hombres empezaron a gritarles que se detuvieran.

Traicionados

Despistar a los empleados del museo en las laberínticas calles de la vieja ciudad no les costó demasiado. Acostumbrados a luchar con no muertos, un par de tipos desentrenados no suponían ningún desafío para ellos. Los amigos se encaminaron directamente al transbordador y desde allí tomaron un taxi hacia el Valle de los Reyes.

Viajaban deprisa y, con las ventanillas bajadas, el cálido viento azotaba el interior del anticuado taxi. Los pensamientos de Álex eran igual de turbulentos. Se había sentado junto al conductor solo por estar medio metro más cerca de su destino. Recordaba el ardiente zumbido que emitiera su amuleto en la tumba y aquel nombre de su pasado escrito a conciencia. Tenía la sensación de que todo y todos intentaban decirle algo. Debía averiguar qué era.

Echó un último vistazo a su teléfono móvil antes de quedarse sin cobertura. Nada. *¿Por qué no había llamado Todtman?* Incluso ese silencio parecía elocuente. Visualizó al viejo profesor, a solas en el nido de víboras en que había mudado El Cairo. La última barrita desapareció del teléfono y sintió lo mismo que si una puerta se cerrara de golpe entre ambos.

Los amigos bajaron del taxi a unos cien metros de la entrada del valle, pero el calor que irradiaba la cuenca alcanzó igualmente el rostro de Álex como si abriera la puerta de un horno para vigilar una pizza. Decidido a no acercarse ni un centímetro más, el taxi dio marcha atrás para dar la vuelta.

Cuando los chicos se quedaron a solas en el implacable desierto, el peso de su misión los aplastó. Guardaron silencio un buen rato. Tal vez murieran allí y nadie se enteraría.

—Tendremos que esperar al ocaso para entrar en el valle, buscar los Conjuros y destruir al Caminante —dijo Álex por fin. Alzó el rostro hacia el sol al mismo tiempo que Ren miraba su reloj—. Volvamos al campamento, a ver si podemos averiguar qué conjuro necesitamos. A lo mejor puedes usar tu amuleto.

Ren lo miró como si fuera duro de mollera.

—¿Por qué me miras así? —protestó él—. Es una buena idea.

Luke se dirigió a la cuesta para emprender la larga caminata hacia el campamento. Ren dio media vuelta y lo siguió. El sol empezaba a ponerse cuando llegaron a su destino. Álex temía que les hubieran robado las cosas. Pero no esperaba lo que vio al llegar.

Sentado en la endeble silla de acampada, el rey de dieciocho años más famoso de la historia de la humanidad —fallecido unos 3.300 años atrás— acariciaba al gato momia con parsimonia.

Poniendo los ojos en blanco, Luke levantó las manos. *¿Y qué más?*

Ren volvió la vista hacia *Pai*, cuya lealtad estaba súbitamente en entredicho.

Tut rompió a hablar. Álex tardó unos segundos en echar mano de su amuleto y solo entendió las últimas palabras:

—...prescindir de reverencias.

Álex no lo había pensado hasta entonces, pero en ese momento lo asaltó una duda: ¿qué se le dice, exactamente, a la encarnación en la tierra de un rey niño muerto largo tiempo atrás?

—Ayer, esto, estuvimos en tu casa —le soltó.

Tut lo miró. De rasgos esculturales, parecía el bronceado cantante de un grupo de rock, aunque vestido con túnica y un sombrero raro.

—¿Ese estercolero? —preguntó Tut.

—¿Lo dices en serio? —exclamó Álex—. En su día albergó los tesoros más famosos del mundo.

—Ahora no hay ningún tesoro allí dentro —replicó Tut—. Solo salas vacías y unas cuantas pinturas cochambrosas. ¿Alguna vez has visto la tumba de Ramsés? ¡Es magnífica!

—La tuya se hizo deprisa y corriendo, ¿verdad? —preguntó el chico.

Tut se revolvió incómodo en la silla.

—Sí —reconoció—. A todos les entró mucha prisa después del asesinato.

—¿De verdad fuiste asesinado? —quiso saber Ren. Mirándola de reojo, Álex vio que rodeaba el amuleto con la mano.

—Me traicionaron —declaró Tut.

—Pero ¿por qué? —se extrañó Ren—. Por lo que dicen, fuiste un rey —se interrumpió, tropezando con el final de la frase— muy bueno.

—Se refiere a que eras muy guapo —aclaró Álex.

Ren lo fulminó con la mirada, pero Tut se tomó el cruce de palabras con tranquilidad.

—Ambas cosas —afirmó—. Pero me gané enemigos.

—¿Porque aboliste el culto al sol? —quiso saber Álex—. ¿El que instauró tu padre, Akenatón?

—Sí —respondió Tut, que hizo una leve mueca de dolor al recordarlo—. Mi padre lo llevó… demasiado lejos. Prohibió los antiguos dioses, instauró el culto al sol. Me pasé toda mi infancia con la piel requemada de tanto rezarle al astro rey. De modo que… sí, cambié las cosas en cuanto subí al trono. Devolví el poder a los antiguos dioses… y pagué por ello.

130

—¿Qué lengua estáis hablando? ¿Tontés? —los interrumpió Luke sentándose en la arena.

Ren, que ahora hablaba un impecable tontés del Nuevo Imperio, intentó traducirle a Luke lo que se había dicho.

—El padre de Tut fue faraón antes que él. Abolió la antigua religi n. Amón Ra, Horus, Anubis, ya sabes. Y creó una nueva. Tut reinstauró el culto a los antiguos dioses cuando subió al trono. Y lo asesinaron por ello.

—Eh, Ren —dijo Álex. Levantó el escarabeo y señaló el ibis de su amiga con un gesto de la cabeza—. Es guay, ¿eh?

—Sí —reconoció ella—. Supongo que sí.

—Pues sí —confirmó Tut. Pensaba que estaban hablando de él y no de las capacidades de traducción de sus amuletos—. También soy eso.

Álex había estado pensando en preguntarle unas cuantas cosas a Tut y ahora parecía ser el momento oportuno.

—¿Sabes algo de los Conjuros Perdidos? —empezó—. ¿O de los Caminantes…?

—¿Sabes qué? —lo interrumpió Tut, ligeramente contrariado—. Suelo ser yo el que formula las preguntas. Si tuvieras…

Ahora fue él quien sufrió una interrupción. Por parte de un gato. De golpe y porrazo, *Pai* saltó del regazo de Tut para encaminarse hacia Ren.

—Una nueva traición —se lamentó Tut, que observaba al monstruoso felino recorrer la arena con sigilo.

Ren se arrodilló para recoger al animal, pero el gato momia pasó de largo. Siguiéndolo con la vista, todos vieron cómo *Pai* se sentaba y clavaba los ojos en la lejanía. Nerviosa, la gata empezó a agitar la cola con rapidez. Parecía un gato doméstico mirando a las golondrinas por la ventana.

—Ha visto algo —señaló Ren.

Álex intentó seguir la trayectoria de los ojos del animal, pero solo vio la oscuridad que cubría la falda del monte. Súbitamente, lo asaltó un mal presentimiento.

—Será mejor que saques los prismáticos —le dijo a su amiga.

Pai seguía allí sentada, con los ojos fijos en la lejanía, cuando Ren regresó con los binoculares. Había algo allí, estaba claro. La gata lanzó un bufido largo y grave: *hisssss*.

—Deberíamos largarnos de aquí —propuso Luke, que se levantó a toda prisa y se sacudió la arena de las piernas.

—¿Por qué lo dices? —preguntó Álex, pero su primo no respondió.

Girando la rueda de los prismáticos, Ren escudriñaba la ladera. Todos estaban pendientes de su veredicto. Incluso Tutankamón se inclinó hacia delante, solo una pizca, en su modesto trono de nailon.

—Oh, no —susurró ella con voz queda, como si algo le hubiera arrebatado el aliento.

—¿Qué es? —quiso saber Álex, aún más asustado si cabe al ver la reacción de su amiga.

—Tenemos que irnos —decidió ella al tiempo que bajaba los prismáticos.

Álex se los arrebató y escudriñó la cuesta.

El día llegaba a su fin y el sol empezaba a ocultarse por detrás de las montañas, pero aun a la pálida luz del ocaso, el blanco hueso de un cráneo destacaba con claridad. *Pai* no había visto pájaros; había divisado a otro felino.

Según observaba a la intrusa a través de las lentes, Álex se percató de que los huecos del cráneo lo miraban a su vez. Unas formas se desplazaban a su espalda. Álex hizo esfuerzos por reenfocar los prismáticos pese al temblor de sus manos. Media docena de hombres cargados con rifles en bandolera, cuyos cañones subían y bajaban con cada paso.

—Vienen a por nosotros —anunció.

El grupo se encaminaba directamente a la cuesta. Álex miró a su alrededor. El campamento estaba encajado en el sombrío desnivel de una de las crestas más retiradas, casi invisible a distancia, y sin embargo sus perseguidores parecían saber muy bien adónde se dirigían.

Miró a sus acompañantes, vivos y muertos. Ahora estaban lejos de El Cairo, lejos de Hesaan y de los susurros en la noche…

Tut dijo algo desde atrás. Álex había soltado el escarabeo y no entendió las palabras, pero dedujo enseguida lo que el rey niño le estaba preguntando. Echó mano de su amuleto para responder.

—Es una expedición de caza —informó—. Por lo que parece, no eres el único que ha sido traicionado.

Tut se levantó de su trono.

—Bueno —declaró—. Esto tiene mala pinta. No me apetece nada que me liquiden… otra vez. —Echó a andar tomando un rumbo distinto al de la noche anterior—. Y aún me queda mucho terreno por explorar.

—Por cierto, ¿qué estás buscando? —le preguntó Ren cuando Tut pasó por su lado.

—Una pequeña parte de mí —respondió el faraón, críptico.

—Deberíamos seguir su ejemplo —comentó Luke mientras Tut se alejaba por la cresta.

Álex asintió.

—Tenemos que irnos. Avanzan deprisa.

—Pero ¿cómo han sabido que estábamos aquí? —se extrañó Ren.

—¿Y qué más da? —soltó Luke con una tensión palpable en su voz por lo general impasible.

Agarraron las mochilas pequeñas y titubearon.

—¿Adónde vamos? —susurró Ren.

Álex lo meditó. ¿Podían arriesgarse a bajar al valle? El sol se estaba poniendo y no se asarían de calor, pero aún no habían averiguado qué conjuro emplear si se topaban con el Caminante de la Muerte. Era demasiado arriesgado. Tendrían que descender por otro camino.

Sin embargo, cuando Álex miró en esa dirección, el alma se le cayó a los pies.

Le costaba distinguir las formas a la luz del ocaso, pero avistó el movimiento; y los cañones de los rifles destellaban inequívocamente a la menguante luz. Más hombres ascendían por ese lado también. Les habían cortado el paso.

—Tendremos que dirigirnos al valle —decidió Álex, y al momento empezó a trepar hacia la cima del monte. Las últimas luces del día murieron mientras subían.

—¡No me hace ninguna gracia! —protestó Ren—. No estamos listos.

—A mí tampoco —reconoció Álex—, pero no tenemos elección. Hay demasiados por ese lado.

—Está muy oscuro. Podríamos despistarlos —propuso Luke.

Álex visualizó a Peshwar, las cuencas vacías del cráneo. No sabía gran cosa de leones, pero tenía muy claro que los gatos pueden ver en la oscuridad.

—No podemos despistarla —alegó—, pero es posible que en el valle estemos a salvo. Puede que no nos sigan.

—¡Pues claro que nos seguirán! —objetó Ren.

Álex empezaba a desesperarse. Era muy complicado discutir y escalar al mismo tiempo, y además no veía qué otra opción tenían.

—Muy bien, ¿adónde quieres ir, pues?

No fue Ren la que respondió, sino un rifle. Una remota detonación mudó en un chasquido cercano cuando una bala impactó allí mismo contra el terreno rocoso. Los hombres de la Orden iban bien equipados… y los tenían a tiro.

Se habían acabado las discusiones. Los amigos llegaron a la cima del risco y aguardaron un funesto instante delante del precipicio. Otra detonación los empujó a seguir avanzando.

Acosados como animales bajo el lúgubre cielo, descendieron a trompicones a un valle de muerte.

El corazón negro

Para Todtman, los días de andar de acá para allá habían pasado a la historia. Apoyado en su negro bastón, descansaba en la esquina de una calle de El Cairo. Había regresado para echar un último vistazo a las carbonizadas ruinas del edificio. El humo negro se elevaba desde los rescoldos de viejos pedestales y otros objetos aún más antiguos. Jinn había rescatado lo que había podido, y ahora Todtman rogaba al cielo que su amigo encontrase un refugio seguro en alguna otra parte. Sus propias posesiones se habían echado a perder; su teléfono móvil no era más que un pegote de metal retorcido y plástico derretido en el segundo piso.

Las sirenas ululaban a lo lejos, igual que aquellas otras, las mismas que habían llegado demasiado tarde para salvar el edificio. Todtman vio un resplandor a lo lejos: un nuevo incendio se había declarado allí cerca. No sabía si la Orden había localizado su escondrijo o si sencillamente había sucumbido a los peligros de la ciudad encantada. Pero sí sabía una cosa: ya no había lugar seguro en El Cairo. Debía darse prisa, «provocar la crisis», como escribiera su poeta favorito.

Renqueando y apoyándose en su bastón, se internó en la noche. El repiqueteo de siempre se había esfumado. Todtman bajó la vista, contento de que algo tan sencillo como un tope de goma en la punta del palo pudiera ayudarlo en su misión.

Sabía que iba a precisar tanta ayuda como fuera posible según se dirigía al negro corazón de la ciudad. Encontraría el cuartel general de la Orden esa misma noche, y no lo haría con los fatigados ojos de un anciano sino con la vista atemporal de un halcón. Buscó el amuleto con la mano libre y lo estrechó con el puño.

La ubicación del cuartel general de la Orden en El Cairo era un secreto celosamente guardado, pero no le costaría localizar a sus miembros. Había un café en el casco antiguo donde, según se decía, se reunían ahora abiertamente, y Todtman tomó ese rumbo. Conocía bien la ciudad, y aquella zona no había sufrido el menor cambio en muchos años.

Las calles que recorría estaban casi desiertas, una ciudad de millones de habitantes reducida ahora a unas cuantas sombras furtivas y pasos quedos. Todtman sabía por qué, claro que sí, pero presenciarlo todavía le chocaba. En una esquina, un hombre gritaba frases sin sentido y propinaba puñetazos al aire, como si boxease con las sombras. El rodeo que dio Todtman para esquivarlo lo llevó al encuentro de otro extraño.

—Este no es lugar para viejos —escupió el desconocido en árabe a la vez que examinaba el impecable traje negro de Todtman y la piel fláccida de su cara—. Para viejos… americanos.

—Ah —repuso Todtman, que adoptó un tono desenfadado para responder en árabe—: Pero los viejos alemanes campan a sus anchas.

—¿Y cree que eso cambiará las cosas? —replicó el hombre. Avanzó un mínimo paso para abandonar las sombras. Buena parte de las farolas estaban apagadas, las bombillas fundidas o rotas, pero la que tenían encima titilaba aún a duras penas. Cuando el desconocido se internó un poco más en el resplandor, Todtman reparó en su cuchillo.

Le dedicó al desconocido una última sonrisa cansada. Lo había intentado. La hoja fulguró en la noche, deprisa, pero no lo bastante. El hombre ya había salido disparado y ahora surcaba el aire como un disco volador. Se estampó contra el poste de la farola y su turbulenta noche llegó a su fin cuando cayó desmadejado en la acera. Todtman prosiguió su camino.

En el exterior del café, un hombre montaba guardia. Todtman no precisó ayuda sobrenatural para saber a las órdenes de quién trabajaba. Se encaminó directamente hacia él. El guardia agrandó los ojos, sorprendido, y buscó algo en el interior de su ligera americana de lino.

—No —ordenó Todtman, y el hombre se detuvo—. No voy a entrar en el local. No voy a pedirte que faltes a tus deberes. De hecho, es contigo con quien quiero hablar.

El hombre asintió según dejaba caer la mano a un costado y su mirada se tornaba vidriosa. No veía el amuleto que sostenía Todtman, pero sin duda notaba sus efectos. El observador era un símbolo complicado. Representaba distintas cosas en diferentes contextos, y ahora mismo significaba «supervisor». Ahora mismo significaba «jefe». Y un hombre como aquel —un matón a sueldo, acostumbrado a acatar órdenes— no tenía más remedio que obedecerlo.

—Estoy buscando un sitio —dijo Todtman—. Un lugar que tú conoces bien…

El profesor planteó su pregunta y recibió su respuesta. Según doblaba la esquina, la mirada del hombre se despejó. El guardia observó la calle buscando intrusos y luego se recostó de nuevo contra la pared. Sin saber por qué, tenía la sensación de haber olvidado algo.

Un taxi pasó a toda velocidad por la calleja y Todtman le hizo señas con el bastón. El conductor no tenía intención de parar, pero atisbó los ojos del hombre al pasar y se sorprendió a sí mismo deteniéndose de todos modos. Cuando oyó el destino, se alegró: una zona casi desierta situada en el barrio industrial, en las afueras de la ciudad. Sacaría una buena suma y se ahorraría unos cuantos majaretas. Pensó que estaría más seguro. Y tenía razón… si se alejaba con la suficiente rapidez. Si escapaba del nefasto susurro que planeaba sobre aquella zona como una nube baja y amenazadora.

En las profundidades del valle

En la oscuridad, las paredes del valle se tornaban empinadas y traicioneras. Álex habría preferido tomar el atajo secreto que descubrieran el día anterior, pero casi un kilómetro los separaba del mismo y sus perseguidores estaban demasiado cerca como para encaminarse hacia allí.

Avanzó otro paso y el talón de la bota arrancó un trozo de caliza. Sin poder evitarlo, patinó varios metros cuesta abajo sobre el trasero.

—¡Cuidado! —cuchicheó Ren.

Álex intentó concentrarse en sus movimientos, pero las preguntas lo atormentaban. *¿Cómo es posible que la Orden haya dado con nosotros?* Tal vez los hubieran visto por la ciudad o puede que el taxista los hubiera delatado, supuso. Sin embargo, la maniobra de pinza había sido precisa. En un valle rodeado de precipicios y riscos, *¿cómo han sabido dónde encontrarnos, con tanta exactitud?*

Distraído, casi tropieza otra vez. Se obligó a concentrarse en la escarpada ladera, cuyas partes más empinadas le obligaban a patinar sobre el trasero. Una luna creciente empezaba a asomar cuando llegaron abajo. Según se volvía a mirarla, Álex vio cómo una horda de sombras indefinidas alcanzaba la cima del cerro.

Sus perseguidores los seguirían al fondo del valle, no cabía duda.

Luke encendió la linterna y enfocó el camino.

—Apágala —susurró Álex, y señaló la ladera—. Ya vienen.

—¿Y cómo vamos a encontrar un escondrijo? —cuchicheó Ren en tono apremiante—. ¡No veo ni torta!

Álex miró a un lado y a otro. Le habría gustado saber qué hacer, adónde ir. Le habría gustado que Todtman estuviera allí para decírselo. En cuanto pensó en el anciano alemán, las palabras del hombre retornaron a su mente: «A partir de ahora, jugamos a todo o nada».

Si la Orden se hacía con los Conjuros antes que ellos, todo habría terminado. Y ahora su ejército se encontraba en el valle que tal vez los albergaba. No estaban jugando al escondite… ¡Estaban echando una carrera! Álex estrechó el escarabeo con el puño.

—Conozco un sitio —dijo con voz queda.

Y era verdad. Aun a esa distancia, la tumba de Tutankamón titilaba en los confines de sus sentidos. No sabía si serían los Conjuros Perdidos los que emitían una señal tan potente, pero tenía que averiguarlo.

—Seguidme —ordenó. A falta de otras opciones, los demás obedecieron.

El terreno aún irradiaba el calor del día, que traspasaba las suelas de Álex según se apresuraban por el valle. El aire, en cambio, era ahora mucho más fresco. La poderosa señal de su amuleto lo guió por la oscura cuenca como el radar de un avión.

Pararon a tomar aliento a la entrada de la KV 62.

—Un momento. ¿Aquí? —protestó Ren, que ahora oteaba la oscuridad en busca de alguna señal de sus perseguidores.

—Sí —repuso Álex—. Creo que los Conjuros Perdidos podrían estar ahí dentro. Allí hay algo. Y recordad lo que Todtman…

Pero Ren no dio su brazo a torcer.

—¡Pues claro que hay algo! ¡Huesos! Y seguramente un Caminante de la Muerte.

—No estaba aquí la última vez —alegó su amigo.

—¡Ni tampoco los Conjuros!

Fue una réplica tan contundente que Álex solo pudo responder con un silencio estupefacto.

—¡Ay! —dijo Luke.

El otro no le hizo caso e intentó recuperar posiciones.

—No tuvimos tiempo para buscar a fondo —razonó antes de cambiar de táctica a toda prisa—. Y no hay tiempo para discutir. Si nos pillan a campo abierto, estamos perdidos.

—Pues será mejor que encontremos otro escondite, y rápido —insistió Ren.

Luke pasó la vista de uno a otro y sacudió la cabeza.

—Entremos —dijo, rompiendo así el empate—. No hay tiempo de buscar otro sitio.

Álex hizo una rápida concesión para cerrar el trato.

—A la primera señal del Caminante, al más mínimo calorcillo, salimos por piernas. Prometido.

—Vale —resopló Ren. Se volvió hacia Luke—. Pero acabas de hacer una tontería. —Ahora miró a Álex—. Y yo he ganado la discusión.

Álex no la contradijo. Había perdido la discusión pero había ganado la guerra. Mientras entraban en fila india, con las espaldas crispadas por miedo a recibir un disparo por detrás, sintió la irresistible necesidad de sacar la linterna. Quería echar otro vistazo al signo que habían descubierto el día anterior. Atón: el símbolo del culto al sol que el decreto real de Tutankamón había prohibido. No debería estar ahí y esa certeza no lo dejaba en paz; se trataba de un detalle más de los muchos que intentaban decirle algo, estaba seguro. Pero no podía arriesgarse a que la luz los delatara.

Cruzaron la verja abierta y penetraron en la negra boca de la tumba. Álex extrajo por fin la linterna de la mochila. Al hacerlo, notó el tacto tranquilizador del Libro de los Muertos.

Barrieron los muros a conciencia con el haz de las linternas, pero las primeras salas ofrecían el mismo aspecto que la vez anterior. Sin embargo, algo había cambiado. En su primera visita, reinaba un frescor casi agradable en la tumba excavada bajo la arena del desierto. Ahora hacía calor. Y cuanto más se internaban en ella, más aumentaba la temperatura.

—Esto, ¿chicos? —dijo Álex.

—Sí —confirmó Luke—. Estamos como a mil millones de grados aquí dentro.

A Ren no le hacían falta más pruebas.

—A la primera señal, has dicho. El más mínimo calorcillo, has dicho.

Álex protestó:

—Puede que se caliente durante el día y tarde un rato en…

—¡Álex! —lo regañó Ren—. Un calorcillo.

El chico agachó la cabeza. Su amiga tenía razón. Una promesa es una promesa. Sin embargo, para cuando llegaron a la entrada, la posibilidad de salir de la tumba se había esfumado. Los rayos de varias linternas brillaban en el suelo del valle, la más próxima a menos de veinte metros de la entrada, y se acercaban.

Los tres amigos no tenían más remedio que regresar adentro antes de que los descubriesen, aun a riesgo de toparse con una amenaza invisible, si querían evitar el peligro más inmediato.

—Escondámonos en la cámara del tesoro —propuso Álex—. Al fondo.

Volvieron a entrar a toda prisa, doblaron los últimos recodos, pasaron por encima de los huesos amontonados… y el plan se vino abajo.

Después de todo, la cámara del tesoro era inútil como escondrijo.

Resplandecía.

—Escondámonos en la cámara del tesoro —remedó Luke en un tono desagradable y chillón.

—Deberíamos hacer cualquier cosa menos entrar ahí —añadió Ren, pero Álex ya estaba dentro.

Agachando la cabeza, Ren siguió a su amigo. En la pared del fondo brillaba una delgada línea de luz amarillenta. Se acercó. Había otra cámara detrás de la pared, una sala iluminada.

La chica observó la brillante rendija y advirtió que estaba menguando, tornándose más estrecha ante sus ojos. Álex adelantó a Ren como una flecha para recorrer con los dedos el borde de la reluciente piedra.

—Es una sala secreta —observó con emoción—. ¿Y si los Conjuros Perdidos están ahí dentro?

Su voz se fue apagando según hundía los dedos en la rendija de la pared.

El muro empezó a separarse. Cuando la grieta se ensanchó, Ren se percató de que se trataba de algún tipo de puerta, pero sin bordes, ni eje, ni bisagras. El brillante hueco sencillamente se expandió —de manera uniforme, como líquido—, igual que si la misma piedra abriera la boca.

Una oleada de luz y calor azotó a Ren en cuanto el paso se abrió del todo. Se tapó la cara con las manos. Cuando por fin se atrevió a mirar, no vio la cara requemada y llagada del Caminante de la Muerte ni tampoco la resplandeciente cámara que esperaba encontrar.

—Pues claro —dijo, y a esas alturas debería haberlo sabido—. Otro túnel, cómo no.

Efecto túnel

Sin despegar la mano del extraño umbral, Álex avanzó un paso hacia el interior y luego titubeó. Para él, aquel lugar no era un escondrijo sino un camino a seguir. Lo que sea que hubiera experimentado en el sepulcro con anterioridad se estaba tornando más intenso por momentos. Sin duda procedía del interior de esa zona secreta. Sabía que corrían peligro, pero el túnel lo atraía como un imán. ¿Acaso conducía al lugar donde su madre había escondido los Conjuros?

—No hace falta que me acompañéis —concedió—, pero tengo la sensación de que este sitio me llama a gritos y esta vez debo escuchar la llamada.

—Álex —empezó Ren, y su amigo temió que volviera a repetir lo del «calorcillo». En cambio, le espetó—: Calla. Vamos contigo.

Álex experimentó una intensa emoción. Puede que su mejor amiga discutiera con él de vez en cuando, pero nunca jamás lo había abandonado.

—Gracias —susurró antes de que Luke interviniera.

—Andando, chicos —les soltó a la vez que se abría paso de un empujón—. Cuanto antes crucemos esta puerta tan rara, más deprisa podremos cerrarla a nuestra espalda.

Nadie se lo discutió. Por lo que sabían, la Orden ya debía de estar entrando en el sepulcro de Tutankamón. Los tres amigos empujaron, estiraron y presionaron aquel umbral sin bordes hasta que consiguieron cerrarlo. Emitió un siseo quedo y brusco cuando las dos piedras entrechocaron y los tres se quedaron mirando la pared lisa, compartiendo una misma sensación: «cuidado con lo que deseas».

—Esto —dijo Luke—. ¿Chicos? ¿Y si no se vuelve a abrir?

Álex rodeó el amuleto con la mano e intentó sentir los mecanismos de la pared igual que intuía los movimientos internos de las cerraduras que reventaba con ayuda del escarabeo.

—Creo que seré capaz de abrirla —concluyó.

Ren respiró aliviada. Los tres volvieron la vista al túnel otra vez. Estaba inundado de una luz intensa y sobrenatural que parecía proceder de todas partes al mismo tiempo. El pasaje descendía trazando una leve curva que les impedía ver el final. Y hacía calor. Mucho calor.

—Ahí abajo hay algo, estoy seguro —dijo Álex sin soltar su amuleto—. Es… más fuerte que nada de lo que hayamos experimentado hasta ahora. —Esperaba que sus sospechas fueran ciertas—. Silencio —susurró—. Modo espía.

Se trataba de un juego que Ren y él solían practicar en el Museo Metropolitano, cuando eran dos niños que corrían aventuras imaginarias.

Ren asintió.

—¿Y si te equivocas? ¿Y si es el sepulcro del Caminante?

—En ese caso, ya sabremos quién es. Averiguaremos qué conjuro emplear y…

—No si nos achicharra primero —lo interrumpió Luke.

Pese a todo, echaron a andar con sigilo, con sumo cuidado. Cuanto más se internaban en el túnel, más aumentaba el calor.

—Mirad las paredes —indicó Ren al tiempo que se enjugaba el sudor de la frente.

Álex ya las estaba mirando. Complicados jeroglíficos cubrían cada centímetro de los muros por la zona de la entrada, algunos pintados, otros grabados en la piedra. Estrechó el escarabeo con fuerza y una vez más una única señal, casi abrumadora, se iluminó en su mente. Se obligó a concentrarse en los símbolos de la pared y sus significados se revelaron por sí mismos. Las mismas palabras se repetían una y otra vez a lo largo de los textos: *oculto, escondido, secreto, velado, protegido.*

—¿Qué significan? —susurró Ren.

Rodeando el ibis con la mano, observaba las paredes también. Estaba leyendo lo mismo que él.

—Creo que son conjuros —dijo—. Ensalmos. Como los del Libro de los Muertos.

—Pero ¿para qué sirven?

Álex los contempló otra vez y las mismas palabras de antes volvieron a cobrar protagonismo. Las oraciones del Libro de los Muertos servían para ayudar al espíritu a cruzar sano y salvo a la otra vida. Palabras como *protección, salvación* y *espíritu* se repetían hasta la saciedad. Pero estas…

—Me parece que están ahí para esconder algo —dedujo. Lo embargó una mezcla de alivio y emoción. *¿De verdad se trataba de un escondite?* Se acercó todavía más a la desvaída pintura y añadió—: Pero son antiguos, de hace miles de años.

—Entonces ¿no los ha escrito el Caminante?

Álex negó con la cabeza y, según tomaban el recodo del túnel, susurró:

—Si está aquí, será porque encontró este sitio por casualidad —opinó.

—Eh, Sherlock —cuchicheó Luke—. Que es para hoy.

—Sí —dijo Álex—. Lo siento.

Estaban más adentro ahora y un peligro desconocido acechaba al final. Guardaron silencio y prosiguieron su camino. Adelante y hacia abajo.

Cuanto más se adentraban en el túnel, más escaseaban los jeroglíficos y más aumentaba la temperatura. La emoción de Álex se entremezclaba con el miedo. Un goterón de sudor le rodó por la frente hasta caerle en un ojo. Usó el dorso de la mano para mitigar el salado escozor. Puede que los jeroglíficos hicieran referencia a un escondrijo, pero aquel calor significaba peligro.

Durante apenas un segundo, creyó oír un rumor como de algo que se arrastrase con suavidad tras ellos, pero en aquel momento doblaron la esquina. Una vasta cámara circular se abría ante ellos, y el susurro fantasma pasó al olvido.

—¿Qué, qué, qué? —exclamó Luke.

Álex observó la cámara. Sabía perfectamente lo que tenía delante.

—Es un templo —susurró—. Lo es ahora, al menos.

Las paredes de aquella sala no albergaban jeroglíficos descascarillados. En vez de eso, los vastos muros de caliza estaban repletos de nuevas inscripciones. Y aquellos signos aludían una y otra vez a un mismo motivo: Atón.

El disco solar —el símbolo del culto a la prístina luz impuesto por el padre de Tutankamón, Akenatón— estaba por todas partes. A lo largo de la pared, las figuras reales contemplaban el cielo, en el que rayos de luz y vida descendían hacia los adoradores procedentes del enorme disco solar del techo. Al final de cada rayo se apreciaba el símbolo del Anj, que surgía de las bocas y narices de las figuras a modo de aliento vital.

Y la brillante luz de la cámara revelaba con total claridad cómo se habían grabado los símbolos… y quién era su autor. Las imágenes, de color negro, contrastaban fuertemente con los claros muros calizos. Álex avanzó unos pasos y tocó un rayo con sumo cuidado. Copos negros se desprendieron al contacto de su dedo.

—Grabado a fuego —dijo—. Ha sido grabado a fuego en la piedra.

El corazón le martilleaba el pecho cuando miró a un lado y a otro. De puro miedo, tuvo la sensación de que las paredes se cerraban en torno a él. *Tranquilízate*, se dijo. *Es el sepulcro del Caminante, pero él no está aquí… Concéntrate en la sala.* Lo primero que vio fue una falsa puerta: un par de columnas que enmarcaban una muesca pintada en la pared, el mismo portal ceremonial al otro mundo que habían encontrado en los otros sepulcros. Pero no vio ninguno de los tesoros y objetos robados que estos solían albergar. La sala estaba decorada con austeridad y, en el centro de la misma, destacaba una mesa baja de arenisca. Un único vaso de barro descansaba sobre la superficie de la mesita. El calor de la cámara era tan intenso que Álex notó una quemazón en los pulmones cuando cogió aire para hablar.

—Es un altar.

No le hacía falta ver más. Todas sus dudas se habían disipado en aquella habitación sin sombras.

—El Caminante de la Muerte es el sacerdote —afirmó—. Del museo.

Álex oyó cómo Ren abría su mochila. Se volvió a mirar y la vio hojear su cuaderno.

—Akhenotra —leyó su amiga—, sacerdote real de la corte del faraón Akenatón, muerto hacia 1319 a. C.

—Es él —afirmó Álex—. Tiene que serlo. Este lugar es una capilla, la capilla de un sacerdote. Atón es el símbolo del culto al sol de Akenatón.

—Vale, genial —comentó Luke—. Pero vamos a arder como cerillas. Escondámonos en el túnel hasta que la Orden se marche.

Álex sabía que no podrían soportar aquel calor mucho más tiempo, pero sus ojos reanudaron el escrutinio. Aún no había encontrado lo que estaba buscando. Entonces lo vio. El pequeño nicho no parecía gran cosa, apenas una oquedad en la pared en forma de anaquel. Si lo miró dos veces siquiera fue por los jeroglíficos. Pequeños y tallados con exquisitez, rodeaban el hueco del muro. Ni siquiera le hizo falta echar mano de su amuleto para reconocer los mismos símbolos con los que se había familiarizado hacía un rato: *oculto, velado, escondido...*

Estaba seguro. Del propósito de todo aquello: la entrada sin aristas, el túnel, la antigua cámara, el nicho. No lo habían construido para albergar una tumba, ni siquiera una capilla. Lo habían construido para esconder un objeto.

Los Conjuros Perdidos.

Se volvió a mirar a Ren. Ella había seguido la trayectoria de su mirada y acababa de reparar en el anaquel. Los ojos de su amiga se iluminaron cuando llegó a la misma conclusión que él. La señal procedía de ese nicho. No de los Conjuros sino del espacio que los había albergado. *Como un vestigio radiactivo,* pensó Álex con manifiesta admiración. *¿Tan poderosos son?*

—¿Chicos? —dijo Luke, que aguardaba cerca de la entrada—. ¿Por qué seguimos aquí?

Mi madre estuvo aquí, en la tumba de Tutankamón y en esta misma cámara, pensó Álex. *Aquí encontró los hechizos.* Y ahora creía saber por qué no los había devuelto a su sitio. *Cuando volvió, se encontró con que alguien más había descubierto el escondrijo.*

Por desgracia los amigos habían forzado demasiado la suerte. Y ahora ellos también habían sido descubiertos.

Las palabras resonaron por la cámara. Luke plantó las manos ante sí y empezó a alejarse del túnel caminando hacia atrás, muy despacio.

Álex buscó su amuleto. Le hacía falta: las palabras que surgían del túnel pertenecían a la lengua del Antiguo Egipto.

—Está aquí —musitó Ren.

Su amigo apenas la oyó. El sonido de su propio pulso, que rugía en sus oídos, se lo impidió. Sin embargo, distinguió con toda claridad el primer pie con su sandalia y luego el segundo, cuando entró el Caminante. El viejo sacerdote se volvió hacia ellos… y sonrió. Una de las ampollas que salpicaban su rostro desfigurado por el calor estalló y la pus le rodó hasta la barbilla, pero él siguió sonriendo.

—Los pequeños blasfemos —dijo—. Directamente en mi poder.

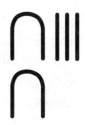

Como mariposas nocturnas atraídas por una llama

Akhenotra agitó una mano y la entrada del túnel quedó sellada a su espalda, igual que si la piedra de un lado se hubiera alargado para fundirse con la del otro.

La mente de Álex voló a la rendija de luz que los había llevado allí de buen comienzo.

—Tú la has dejado abierta, ¿verdad? —preguntó—. Para atraernos hasta aquí.

Akhenotra ofreció una respuesta vaga.

—Incluso las más frágiles criaturas se sienten a salvo a la luz del día.

Se trataba de la clásica analogía de un sacerdote, una frase consoladora para un sermón florido, pero Álex tenía otra expresión en la cabeza: *como mariposas nocturnas atraídas por una llama*.

—¿Y no deberían sentirse a salvo al sol? —preguntó Álex para ganar tiempo mientras se descolgaba la mochila de la espalda con la mano libre. El peso cambió de lado cuando apoyó la bolsa en el suelo: oyó el tintineo metálico de las linternas, el entrecho-

151

car de las maderas que protegían el Libro—. ¿Acaso el sol no es fuente de vida?

El Caminante dejó escapar una pequeña risa, cuyo significado no había cambiado ni un ápice en los últimos tres milenios: *buen intento*.

—Dejé la luz para otro —dijo pasando la vista de Álex a Luke y luego a Ren. Los chicos estaban plantados junto al altar de piedra que había en el centro de la habitación, el único refugio que ofrecía la cámara, por escaso que fuera—. Pero me conformaré con vosotros tres de momento. Tengo que ahorrar fuerzas para la batalla que se avecina.

Akhenotra miró a Álex y alzó las manos hacia el techo. La mano izquierda del chico estrechaba el amuleto entre los dedos para empaparse de su energía mientras su mano derecha estiraba la cremallera de la mochila. Si quería guerra…

—¡Tu sepulcro es un asco! —gritó Ren por detrás del altar de piedra, que prácticamente eclipsaba su pequeña figura.

Las manos de Akhenotra descendieron una pizca cuando se volvió a mirarla.

—Mis necesidades son modestas, niña.

—Sí —replicó ella, cuyo ibis transformaba las palabras vivas en una lengua que llevaba miles de años muerta—. ¡O puede que la Orden pase mucho de ti! Deberías ver los sepulcros que les construyeron a los otros Caminantes.

Álex sabía lo que se proponía: provocarlo, distraerlo. Se trataba de un juego peligroso. La mochila de Álex se abrió del todo, dejando a la vista una esquina del Libro de los Muertos.

—No he precisado su ayuda —alegó Akhenotra. Álex comprendió, por el tono defensivo de su voz, que por modesta que fuera su tumba tampoco aquel Caminante estaba exento de vanidad—. Le debo esta cámara a la magnificencia de Atón.

—¡Tú solo la encontraste! —le espetó Álex. Para jugar al juego de Ren, dos eran mejor que uno—. Ni siquiera te construyeron una.

El ancho pecho de Akhenotra se hinchó ligeramente.

—Trabajaremos juntos en el Reino Final, cuando yo gobierne este territorio en nombre de Atón.

¿El Reino Final? Álex quería saber a qué se refería, pero ahora mismo le importaba más sobrevivir.

—De momento, lo único que necesito es un espacio de oración —prosiguió Akhenotra—. Y sustento. —Alzó las manos de nuevo, y en esta ocasión las llamas brotaron en el espacio intermedio—. Basta de charlas —ordenó alzando la voz para hacerse oír por encima del grave crepitar—. Pedid perdón a vuestros dioses profanos.

—¡NO LO MIRES!

En esta ocasión, la advertencia de Ren llegó a tiempo.

Álex despegó los ojos de la bola de fuego. Sacó de un tirón las planchas gemelas que albergaban los antiguos textos. Sin soltar el amuleto, revisó a toda prisa los pequeños y precisos jeroglíficos. Ahora que sabía quién era el Caminante, estaba seguro de poder dar con el conjuro apropiado. Algo relacionado con el sol, tal vez, o con sacerdotes o...

—¡Cuidado, Álex! —gritó Ren.

El chico volvió la cabeza de golpe y las llamas aparecieron en un primer plano. El Caminante había liberado su bola ardiente, que ahora giraba hacia Álex.

Con un gesto instintivo y fatídico, Álex se protegió la cara con las manos sin soltar el antiguo texto. El Libro de los Muertos se convirtió en escudo de los vivos cuando la flamante esfera se estrelló contra las planchas que el chico sostenía con firmeza. La madera seca y el inmemorial papiro que habían sobrevivido miles de años se volatilizaron al momento entre una nube de humo, y Álex se quedó donde estaba, agitando las abrasadas manos.

—¡Nooo! —gritó Ren.

A Álex se le cayó el alma a los pies, pero de todos modos rodeó el escarabeo con los inflamados dedos.

—Es la segunda vez que repeles mi ataque, pequeño hereje —sentenció Akhenotra—. No habrá una tercera.

Álex notaba el calor del ambiente contra la sudorosa piel. Se llevó la mano derecha a un costado, como un pistolero, mientras esperaba el siguiente movimiento de Akhenotra. *Levantará las manos hacia el techo y alzará la vista*, calculó. *Es así como invoca al fuego; por eso tiene la tez tan abrasada.*

Ahora bien, ¿cuál sería el siguiente movimiento de Álex? El libro se había esfumado y con él toda esperanza de aniquilar al Caminante. Huir era la única opción… pero ¿adónde ir, si la Orden seguía allí fuera? Álex se sentía acorralado, desesperado.

Luke estaba buscando el modo de salir de allí. Recurriendo a la velocidad, había esquivado al Caminante y ahora manoteaba con impotencia la zona donde antes estuviera la entrada, pero la lisa pared carecía de pomo que girar, de manija que empujar.

Álex estaba seguro de poder abrirla. Tal vez si pudieran llegar a la tumba de arriba, podrían encerrar al Caminante allí dentro… Concibió un plan: esperaría a que el demonio alzara las manos, lo golpearía con una lanza de viento y echarían a correr.

Su plan se vino abajo cuando Akhenotra abrió la boca de sopetón. Una llama surgió de sus labios entreabiertos. Álex se echó a un lado para esquivar el ataque…

—¡AAAAAAH! —aulló al notar cómo las agresivas llamas le traspasaban la camisa y le mordían la tierna carne del hombro izquierdo.

—¡Álex! —gritó Ren.

El chico había caído al suelo. Tendido de costado, se agarraba la herida con la mano derecha. Notaba la piel al rojo vivo y alarmantemente húmeda.

Las lágrimas le nublaban la vista pero se obligó a levantar los ojos. Ren se agarraba al altar con una mano al tiempo que le tendía la otra, como si tratara de arrastrarlo a la zona segura de algún juego infantil. Luke golpeaba con los puños la sólida piedra.

Caminando con parsimonia, Akhenotra se dirigió hacia Álex hasta quedarse plantado ante él. Estaba hablando, pero el chico había soltado el amuleto y no entendía sus palabras. La temperatura de la cámara seguía aumentando y Álex se sentía al borde del desmayo a causa del calor y del dolor.

El Caminante de la Muerte alzó los brazos y nuevas llamas empezaron a surgir entre sus manos. Álex se concedió permiso para mirarlas esta vez. Durante unos plácidos instantes, el hipnótico trance le alivió el escozor del hombro, así como la consciencia del dolor que se avecinaba y del final que vendría después.

Había cruzado medio mundo, buscando a su madre, cazando fantasmas, y ahora todo estaba a punto de terminar.

De repente… un ruido: el susurro de algo que se deslizaba con suavidad a lo largo de la pared.

Y… el Caminante se volvió a mirarlo. Las llamas perdieron intensidad entre sus manos.

Pero… ¿qué era? Álex no entendía qué estaba pasando ni por qué seguía vivo. Alzó la cabeza lo suficiente para atisbar cómo el portal se abría otra vez y a Luke echándose a un lado para ceder el paso.

Tutankamón.

El combate
de Tutankamón y Akhenotra

El rey niño, Tutankamón, entró en la cámara con andares elegantes. La intensa luz arrancó fluidos reflejos a su túnica escarlata.

Akhenotra lo fulminó con una mirada que albergaba ira y reverencia a partes iguales.

Aunque la mano derecha de Álex seguía posada sobre la carne pegajosa de su hombro izquierdo, cerró la otra despacio alrededor del amuleto. El dolor era insoportable, pero de aquel encuentro dependía si sus amigos y él vivían o morían. Los amigos que lo habían seguido a las fauces de un peligro mortal.

—Hola, sacerdote —saludó Tutankamón—. Yo te saludo, traidor.

—¡Tú eres el traidor! —le escupió Akhenotra.

—Bueno —repuso Tut al tiempo que dibujaba un indolente círculo con la mano—. Yo pensaba que alguien capaz de asesinar a su faraón y todo eso…

Akhenotra esbozó una sonrisa maléfica y su imagen se transformó otra vez, igual que había sucedido en el desierto. Un velo de calima lo envolvió y, cuando este se disipó, un anciano ataviado con la ornada túnica de la antigüedad lo sustituyó.

—Fue fácil, ¿sabes? —dijo Akhenotra. La voz del sacerdote surgía de los labios del anciano—. ¿Por qué iba nadie a impedir que tu humilde copero, tu sirviente más fiel, entrara en tu cámara mientras dormías?

—Hum —musitó Tut tranquilamente mientras seguía avanzando hacia su enemigo—. Un engaño visual, una burda farsa… Sigue siendo un acto de traición quitarle la vida a tu faraón.

—Tú nunca fuiste mi faraón —le escupió Akhenotra, cuya falsa imagen se esfumó para dar paso a su apariencia previa—. Tú eres la alimaña que puso fin a la gran obra de tu padre.

—¿Que abolió su estúpido culto, quieres decir? —lo corrigió el rey niño sin detenerse. A su espalda, la entrada empezaba a cerrarse—. Todo ese rollo de Atón es una tontería. ¿Qué es el sol sin la lluvia, el día sin la noche?

Akhenotra rugió con rabia ante la afrenta de Tutankamón y, antes de que el grito se apagara, las llamas hicieron aparición. Una ardiente vaharada roja y anaranjada salió proyectada hacia Tut desde la boca del sacerdote. Álex contempló la escena horrorizado, Ren escondió la cabeza debajo del altar y Luke, que seguía pegado a la evanescente puerta, se agachó a toda prisa para protegerse.

Tutankamón, sin embargo, se limitó a unir las manos ante sí como si rezara. Las llamas se estrellaron contra sus manos como una ola que estalla en el malecón. El fuego envolvió al rey niño.

Por fin, Akhenotra cerró la boca.

Y ahí estaba Tut. Su túnica apareció chamuscada por aquí, agujereada por allá, pero el rostro del faraón permanecía impasible.

—Has estropeado mi atuendo real —acusó al sacerdote al tiempo que se miraba una manga. Al hacerlo, su mirada se cruzó con la de Álex—. Y has maltratado a mis extraños amigos.

157

—¡Y tú destruiste la religión por la que sacrifiqué mi vida! —rugió Akhenotra, que avanzó un paso hacia Tut con una mano tendida. Una neblina de calor titiló en su palma y, cuando se desvaneció, el sacerdote esgrimía una agresiva maza ceremonial. Gruesos pinchos sembraban la cabeza de bronce, y Álex tuvo la horrible intuición de que no estaba contemplando una ilusión óptica.

Como respuesta, Tut agitó un brazo en dirección al suelo. El gesto, rápido y seco, arrancó un restallido a la manga de su túnica y, de golpe y porrazo, el rey niño sostenía una feroz espada de hoja curvada. Álex la observó con atención a la vez que hacía esfuerzos por incorporarse. Era un *khopesh*, el sable real de Tutankamón.

Alzando el arma, el faraón corrió hacia Akhenotra, que blandió la maza y salvó los pocos pasos que los separaban. Las armas entrechocaron con un golpe sonoro, metálico.

Había llegado la hora de la verdad.

Álex soltó el amuleto e intentó ponerse en pie. Lo consiguió a duras penas antes de lanzar una exclamación de dolor y derrumbarse otra vez. Una mano pequeña lo agarró del antebrazo para impedir que cayera. Ren. Y entonces un fuerte brazo lo asió por la cintura desde el otro lado. Luke. Juntos, lo ayudaron a incorporarse.

—¿Estás bien? —le preguntó Ren, que miraba la herida roja y supurante con expresión preocupada.

—Me duele mucho —reconoció Álex—, pero creo que es superficial.

—Ahí no queda mucha superficie, colega —observó Luke.

¡PRONG!

¡CLANG!

Las armas seguían entrechocando en el centro de la cámara.

—¡Tenemos que ayudar a Tut! —dijo Ren, que apartó la vista de la herida para mirar a su amigo a los ojos.

158

—¡Tenemos que salir de aquí! —opinó Luke.

Pero Ren tenía razón.

—Primero, Tut —decidió Álex—. Si conseguimos deshacernos de Akhenotra, estaremos a salvo de la Orden aquí dentro.

Por desgracia, no tenía ni idea de cómo poner en práctica su plan. Volvió a buscar su amuleto para poder entender cuando menos lo que decía Tutankamón.

—¿Dónde está? —gritaba Tut al tiempo que descargaba su espada, pero el grueso mango de la maza detuvo el impacto de nuevo. El faraón asestó cuatro golpes más en una rápida sucesión, todos ellos neutralizados por su enemigo, cada cual acompañado de una palabra distinta.

—¿Dónde…? *¡Clong!*

—¿…está…? *¡Plonc!*

—¿…mi…? *¡Pring!*

—¿…corazón? *¡Zwanc!*

Akhenotra se apartó de un salto y barrió el aire con su maza.

—Me lo llevé —reconoció. Tut retrocedió a toda prisa y la cabeza de la maza únicamente alcanzó a rasgarle la pechera de la túnica—. Una ofrenda de paz al dios que traicionaste.

—Su corazón —susurró Álex. La cabeza le daba vueltas a medida que antiguos retazos de información iban encajando entre sí. Las gentes del Antiguo Egipto siempre dejaban el corazón en el cuerpo durante el proceso de momificación; Tutankamón era el único faraón que había aparecido sin el suyo—. Akhenotra se llevó su corazón.

Privado de este órgano, Tutankamón no podía someterse al juicio de los muertos, que le facilitaría el acceso al otro mundo. Se quedaría por siempre jamás entre esta vida y la otra. Álex miró al rey niño, que había sido traicionado tanto en la vida como en la muerte. Ahora entendía lo que andaba buscando por el desierto… y la fuerza de sus golpes.

—Qué enfadado debe de estar —comentó Ren.

Como si la hubiera oído, Tutankamón descargó su espada una vez más.

—¿Dónde está? —gritó.

—Es mi mayor ofrenda —repuso Akhenotra, que elevó la maza para detener el impacto—. Y la…

En esta ocasión, la espada cayó con demasiada fuerza como para detenerla. La pesada hoja curvada del *khopesh* de Tutankamón cortó en dos el mango de la maza y se clavó en el pecho del Caminante. El arma cayó al suelo partida en dos, cada mitad por un lado.

Akhenotra terminó la frase con una voz débil, desconcertada.

—…presentaré junto con tu persona.

Durante un momento fugaz, los dos contrincantes se quedaron donde estaban, con la mirada clavada en la herida provocada por la hoja. Entonces Akhenotra trastabilló hacia atrás. Tutankamón soltó la espada, que acompañó al otro en su tambaleo.

—¡Sí! —exclamó Ren.

Pero el Caminante de la Muerte no se desplomó.

—¿Por qué sigues en pie? —preguntó Tut.

Akhenotra despegó por fin los ojos de su herida y alzó la vista.

—No me puedes matar —respondió en un tono más sorprendido que desafiante—. Ya estoy muerto.

Álex agachó la cabeza. El dolor del hombro, el calor de la habitación, lo desesperado de la situación… Todo se abatió sobre él al mismo tiempo hasta hundirlo en el desaliento. Le flaquearon las piernas.

—El Libro de los Muertos —musitó, echando un vistazo al montón de cenizas y madera carbonizada que yacía en el suelo—. No me puedo creer que se haya achicharrado por mi culpa.

—Sí —dijo el sacerdote—. Me lo has puesto fácil. —Alargando la mano, asió la empuñadura de la espada y, despacio, se arrancó el arma del pecho, que salió con un asqueroso borboteo. Esbozó una sonrisa victoriosa—. Soy invencible —presumió al mismo tiempo que admiraba su nueva arma.

Sin embargo, cuando alzó la vista descubrió que Tut también sonreía.

—Espero que no me toméis por un desvergonzado —se disculpó el faraón—, pero si es el Libro de los Muertos lo que necesitamos… —se llevó las manos al cuello y se arrancó de un tirón la desgarrada y abrasada túnica— deberíais saber una cosa —prosiguió.

La túnica aterrizó en el suelo con suavidad. El cuerpo que apareció estaba vendado de arriba abajo y los vendajes mostraban filas y filas de precisos jeroglíficos acompañados de diminutas imágenes de colores.

—Lo llevo pegado al cuerpo.

Un gran corazón

Ren observó los minúsculos símbolos que cubrían el cuerpo vendado de Tutankamón. Había visto el Libro de los Muertos escrito en las vendas de las momias con anterioridad, pero estos envolvían cáscaras resecas y preservadas en vitrinas de cristal o se encontraban en piezas de lino alisadas y enmarcadas, no alrededor de unas piernas en movimiento y de unos poderosos hombros. Pero quedaba un problema por resolver. Un enorme inconveniente.

—Aún no sabemos qué hechizo usar —señaló.

—¡Tendrás que preguntarle al ibis! —indicó Álex.

Ren escudriñó la sala: la luz del sol, brillante y sobrenatural; el calor, tan intenso que tenía la sensación de estar girando en un microondas; a Tutankamón, desarmado y envuelto en antiquísimos vendajes; a Luke, enfundado en su equipo de deporte junto a la puerta pero sin una meta que alcanzar; a Álex, malherido; y al Caminante de la Muerte, que intentaba echar a andar.

El primer paso de Akhenotra fue titubeante, inseguro. El golpe de la espada le había arrebatado parte de sus energías. Sin embargo, para cuando dio el segundo paso ya se estaba recuperando.

El primer gesto de Ren fue también receloso e inseguro. Acercó la mano al ibis, despacio, temerosa de la marea de imágenes que estaba a punto de inundarla. El amuleto los había ayudado pero también los había perjudicado. Todavía recordaba el momento en que se había acercado al Caminante, allá en el desierto, y lo había saludado tan confiada. ¿Cómo deducir qué imágenes pretendían avisarla de un peligro? El ibis no incluía una hoja de respuestas, precisamente.

A renotra avanzó hacia Tutankamón, que retrocedió un paso.

Ren no tenía elección. Rodeó el ibis con la mano y notó la cálida piedra blanca contra la piel de la palma.

Nunca había sido tan inteligente como le habría gustado —no tan brillante como su padre ni como sus compañeros de clase más capacitados, esos que no necesitaban esforzarse—, pero siempre había suplido la diferencia a base de codos. Hacía trabajos extra y se presentaba a los exámenes que ayudaban a subir nota. Y en todas las ocasiones clavaba las respuestas porque sabía que no tenía nada que perder y sí mucho que ganar, y eso la tranquilizaba.

Imposible tranquilizarse ahora. Este examen era crucial; la vida de todos dependía del resultado. Contuvo el aliento, cerró los ojos y se esforzó al máximo por retener cada una de las imágenes que la asaltaban.

Un carnero de piedra, con los ojos abiertos, cuernos curvados hacia delante…

Una barca sencilla pero elegante, con dos remos pintados en la popa…

Un halcón dorado y azul, descansando, como en un nido…

Un círculo de fuego…

Abrió los ojos de golpe; no quería ver más fuego. El amuleto le resbaló de la mano.

—¿Qué tengo que buscar? —preguntó Álex—. ¿Algo relacionado con el fuego, quizá?

Ren parpadeó para enfocar la imagen de su amigo. Álex se había acercado a Tutankamón y ahora estaba observando las vendas.

—No… —empezó a decir Ren—. No estoy…

¿Por qué el amuleto no me enseña la barriga de Tut o la axila o lo que sea que albergue el conjuro apropiado y en paz?, se desesperó. *¿Qué tiene que ver un barco con todo esto?*

—¡Deprisa! —la apremió Álex.

Akhenotra avanzó otro paso, ahora con mucha más seguridad, y enarboló la espada.

Haciendo una mueca de dolor, Álex asió su amuleto y apuntó con la mano al enemigo que avanzaba hacia él. Una ráfaga de viento obligó a Akhenotra a retroceder varios pasos.

El chico intentó golpearlo otra vez pero en esta ocasión el Caminante resistió el embate. Álex se debilitaba por momentos y Ren observó horrorizada cómo el viento se extinguía y la hoja de la espada estallaba súbitamente en llamas. El sacerdote del sol cortó el aire con la ardiente hoja, como admirando su obra. Acababa de crear su propia arma.

Ren analizó las imágenes una vez más. *¿Un carnero? ¿Un halcón? ¿Un barco? ¿Fuego? ¿Eran pistas*, se preguntó, *o advertencias? ¿Contenían acaso la respuesta… alguna de ellas?*

—¿Qué conjuro? —gritó Álex.

—Hay un carnero y un pájaro; un halcón, creo —vociferó ella—. Un barco, fuego…

—¿Cuál? —se impacientó Álex—. ¿Qué debo buscar exactamente?

Con el pulso azotándole los oídos y la cabeza saturada por el exceso de información y la escasez de contexto, Ren gritó por fin la horrible verdad:

—¡No lo sé!

Álex miró a Ren con incredulidad. No concebía que una alumna de sobresaliente suspendiese el examen más importante, pero las pruebas estaban ahí: A «Ren todo lo hace bien» se le daba fatal la magia.

Solo de él dependía si vivían o morían. Revisó rápidamente las vendas de Tutankamón. *Un halcón*, había dicho Ren, pero la pista no servía para nada. El símbolo del halcón formaba parte de media docena de los jeroglíficos más comunes; había toda una bandada repartida por las vendas del faraón. ¿Qué más había dicho? ¿Un carnero?

Antes de que Álex pudiera examinarlo a fondo, Tutankamón se echó para atrás y por poco le dio un empujón. Álex no estaba acostumbrado a que sus libros se movieran. Asomó la cabeza por un costado del fantasmal monarca y vio al Caminante de la Muerte esgrimir su espada en llamas para asestar un nuevo golpe. El primero había fallado, pero…

—¡Hay que distraerlo! —gritó Álex a sus amigos.

—¿Cómo? —dijo Luke—. Aquí no hay ninguna distracción.

Pero eso no era del todo verdad.

—¡Tengo tu vasija, Burbujitas! —chilló Ren.

Había rodeado la zona de la pelea y ahora se encontraba otra vez detrás del altar que había en el centro de la cámara. Esta vez sostenía el vaso que antes descansaba en la superficie. Era una de las pocas antigüedades que había en la habitación y ocupaba un puesto de honor. Álex supuso que valía la pena intentarlo… pero no esperaba que el Caminante reaccionara con tanta desesperación.

Sin bajar el sable, que sostenía a modo de hacha, Akhenotra se dio media vuelta a toda prisa.

—¡Deja eso donde estaba, niña! —rugió. Blandió la espada hacia ella con gesto amenazador mientras echaba a andar hacia el altar—. ¡Lo guardo para Atón!

Ren abrió los ojos como platos y Álex comprendió que tampoco ella se esperaba una respuesta tan exagerada.

—Glups —se asustó la chica.

—¡Pásala! —gritó Luke. A velocidad de atleta, cruzó la cámara como una exhalación y se colocó detrás de Ren con las manos extendidas.

Ella había presenciado suficientes partidos de fútbol americano como para saber lo que tenía que hacer. Se volvió e hizo un pase perfecto directo a la barriga de Luke. El chico tomó el vaso y salió disparado hacia la otra punta de la cámara. Echando a correr a su vez, el Caminante de la Muerte lo siguió. Lo que sea que albergara aquella vasija debía de ser importante, pero Álex no tenía tiempo de preguntarse por qué.

Puso manos a la obra. Carnero, halcón, barco, fuego. Estaban aquí y allá, tanto en imagen como en jeroglífico. Demasiadas posibilidades. Los buscó en un mismo conjuro, pero no había forma; Tutankamón no paraba de moverse. Según las sandalias de Akhenotra abofeteaban el suelo en pos de Luke, que corría en círculos delante de él, Tut se iba girando para mirarlo. De golpe y porrazo, el vaso le interesaba muchísimo.

—Esto, ¿Tut? —dijo Álex. El otro no respondió—. ¿Su, esto, majestad? —balbuceó. Nada. Renunció y comenzó a girar con el texto, tratando de seguir los movimientos del faraón a pesar del calor y del dolor. En ese instante vio algo inesperado entre los signos.

¿Eso no es... el símbolo de Atón?, caviló. Si bien su cerebro opinaba que sí, el amuleto le dijo otra cosa. Era un disco solar, pero no Atón. Se trataba de Amón-Ra, el dios sol que había gobernado antes y después de aquel breve culto. Amón-Ra era «uno de los gordos» como su madre solía decir, y Álex sabía un montón de cosas acerca de él. Por ejemplo, que Tut se había cambiado el nombre de Tut-Anj-Atón por el de Tut-Anj-Amón en honor al dios sol. También sabía que los símbolos de Amón-Ra incluían tanto el halcón como el carnero.

Leyó a toda prisa el título de la oración: «Para navegar en la barca de Amón-Ra y llegar sano y salvo al más allá...».

—Esto, Su Majestad —se dirigió a Tut a la vez que le propinaba unos golpecitos en el hombro—. ¿Podrías levantar el brazo?

—¿Eh? —reaccionó el faraón—. Ah, por supuesto.

Tut alzó el brazo derecho y Álex siguió leyendo:

—…del círculo de fuego.

Fuego. *Es este,* se dijo Álex. *Tiene que ser este.… Y sin duda Amón Ra querrá tener unas palabras con ese tío.*

Echando un rápido vistazo, vio que Akhenotra se hallaba a poco más de una espada de distancia de Luke, que resollaba a causa del intenso calor. Álex tomó una buena bocanada del pesado aire y empezó a recitar las palabras:

—Pues esta es la llama que arde detrás de Ra…

El conjuro golpeó a Akhenotra como un calambre en un costado y el demonio trastabilló. Luke se alejó a toda prisa. Akhenotra le gritó con un amago de desesperación en la voz:

—Devuélveme la ofrenda, niño.

Luke miró hacia atrás.

—¡Lo tienes claro!

La ira volvió a apoderarse del supurante rostro del Caminante de la Muerte.

—¡Dame el corazón! —aulló.

Tut se giró de nuevo y Álex lo acompañó como pudo. El rey niño pronunció una antigua expresión que más o menos venía a significar:

—¿Va en serio?

Álex quiso suplicarle que no se moviera, pero no podía interrumpir el ensalmo o tendría que volver a empezar. Y no había tiempo para eso. El Caminante acababa de identificar la amenaza y ahora avanzaba hacia ellos a grandes zancadas. Álex aferró el hombro de Tutankamón con la mano libre para retenerlo en el sitio y se concentró en el antiguo texto:

—Un camino se extiende ante mí…

Su cántico adquirió potencia y un coro fantasma se alzó para susurrar con él:

—Pues gozo de la protección de Ra…

Cuando estaba llegando al final, el libro tembló y el movimiento por poco lo saca del trance. Para evitarlo, Álex aferró el hombro de Tut con más fuerza si cabe y recitó la palabra siguiente a viva voz. Estaba a punto de conseguirlo. Otro súbito estremecimiento, voces amortiguadas que le gritaban desde otro mundo, pero Álex no se atrevía a desviar la vista.

Concluyó el conjuro.

—…pues yo soy el que viaja, el dios de dioses.

Parpadeó y el color volvió a sus ojos. Soltó a Tutankamón, retrocedió un paso y, poco a poco, el mundo de los vivos volvió a cobrar forma.

Tut estaba plantado delante de él con su propia espada de bronce clavada en el pecho. La hoja ya no llameaba pero seguía chisporroteando levemente. Álex entendía ahora por qué el texto temblaba tanto. Y Akhenotra —Álex miró más allá del faraón—, Akhenotra ya no estaba de pie.

Tumbado de espaldas, el Caminante de la Muerte encogía las rodillas y las manos. Su cadáver envejecía cientos de años por segundo según la piel se secaba y se contraía hasta mudar en el cuero oscuro y apergaminado de una momia.

Álex rodeó a Tut para verlo mejor y los demás se apresuraron a reunirse con él. Asió el amuleto una vez más aunque tenía la cabeza como un bombo por haberlo usado tanto rato.

—¿Te encuentras bien? —le preguntó al rey niño en tono dubitativo mientras observaba la espada incrustada en el pecho del faraón y un segundo corte que le surcaba la carne junto al primero. Jirones de vendajes cortados y carbonizados le colgaban a ambos lados del cuerpo.

—No estoy seguro —repuso Tutankamón con voz queda. Trató de dar un breve paso al frente pero le fallaron las rodillas—. Aunque ahora ya da igual. Déjame ver el vaso.

Resoplando, jadeando y mirando el corte de hito en hito, Luke se lo tendió.

—Gracias —dijo Tutankamón. El arrogante adolescente los sorprendió a todos haciendo una pequeña reverencia—. Tienes un nombre muy raro, Tííííío, pero posees pies ligeros.

Luke no entendía ni una palabra, así que Ren respondió en su lugar.

—Y tú tienes —empezó a decir. Calló cuando Tutankamón levantó la antigua tapa y solo entonces completó la frase— …un gran corazón.

Una deslumbrante sonrisa se extendió por el rostro del faraón cuando devolvió la tapa a su lugar. Dio un paso adelante, rozó apenas el hombro herido de Álex y dijo:

—Lamento tu sufrimiento.

Para sorpresa de Álex, el roce no le provocó el más mínimo dolor en la abrasada articulación. Al bajar la vista, supo por qué: el renegrido agujero de su camisa ahora enmarcaba piel sana, ni más oscura —ni más inflamada— de lo normal.

—Pero ¿cómo…? —empezó a preguntar, pero un tintineo lo interrumpió.

Alzando la vista, descubrió que la espada había caído al suelo.

Ya nada la sostenía.

El rey Tutankamón se había ido.

Un instante después, la oscuridad se apoderó de la sala.

Malas obras

En la impenetrable oscuridad de la cámara subterránea, Luke no conseguía recordar dónde había perdido la mochila. Sabía que se le había soltado durante la persecución del muerto andante, pero no tenía ni idea de dónde ni cuándo. Los otros dos buscaban sus propias mochilas también, y Luke se quedó un rato donde estaba, sin hacer nada.

Estaba muy preocupado y no tenía ninguna prisa por abandonar la cámara. Allí abajo, todos iban en el mismo barco, cada cual con un cometido. Allí abajo, estaban a salvo. Además, el ambiente empezaba a refrescar.

—¡Creo que he encontrado la tuya, Ren! —gritó Álex desde el fondo de la cámara—. Espera, olvídalo… ¡Es la mía!

Instantes después, la linterna de Álex se encendió. Luke fingió andar de acá para allá buscando la suya. La luz les facilitó la tarea y pronto todos habían recuperado las mochilas y enfocaban con las linternas la sección del muro donde antes estuviera la puerta.

Luke se había desollado los dedos de tanto arañar la piedra en busca del más mínimo resquicio. Cuando vio que Álex apagaba la linterna, comprendió que se disponía a usar el amuleto. Tenía plena confianza en que su primo los sacaría de allí; era sumamente hábil con aquel bicho mágico. En efecto, al cabo de un momento una hendidura estrecha apareció bajo los rayos de las linternas. Luke avanzó un paso e introdujo la mano. Empujó hasta que el extraño portal se abrió por completo.

—¿No sería mejor que nos quedáramos un rato aquí dentro? —preguntó cuando todos lo hubieron cruzado.

—No —repuso Ren—. He pensado que…

Faltaría más, dijo Luke para sus adentros.

—Entramos aquí corriendo como una manada de elefantes. Si siguen nuestro rastro, podrían encontrar esta puerta… o dejar a alguien de guardia al otro lado. Creo que deberíamos salir antes de que nos quedemos atrapados.

A Álex le pareció bien, pero las malas vibraciones se apoderaban de Luke según se encaminaban a la tumba de Tutankamón. En parte se debía a la sed, al cansancio y al escozor de la piel. Pero había algo más, infinitamente peor.

Estudió a los otros dos mientras caminaban. El haz de su linterna bailó por la espalda de Ren. Apenas era más alta que un soporte de bateo pero había vuelto a dar la talla. Álex encabezaba la marcha y Luke le echó un vistazo también. Aun asado como una salchicha, el enano se había hecho cargo de todo. Apenas se podía creer que, hacía unas pocas semanas, los hubiera considerado a ambos un par de idiotas. Claro que muchas de las cosas que había pensado y hecho en aquel entonces le parecían increíbles.

Llegaron al portal que desembocaba en el túnel y aguardaron a que Álex lo abriera.

—Es igual que reventar un cerrojo —comentó—. Solo tengo que encontrar el punto débil.

Tras él, Luke hizo una mueca de dolor que pasó inadvertida.

Ya no había luz allí dentro que pudiera delatarlos y los tres apagaron las linternas cuando la puerta cedió. A pesar de sus temores, en la tumba del otro lado solo los recibieron la oscuridad y el silencio. Salieron con sumo cuidado, encendieron las linternas y apuntaron las luces al suelo.

—La tumba del rey Tut —susurró Ren mientras el grupito maltrecho y algo socarrado avanzaba a rastras por las famosas cámaras. Cuando las visitaron por primera vez, únicamente vieron un yacimiento arqueológico sembrado de huesos. Ahora tenían la sensación de estar recorriendo el hogar de un amigo que se hubiera marchado a vivir a otra parte.

—Era buen chaval —musitó Luke, prácticamente para sí.

—Es curioso, él dijo lo mismo de ti, tííííío —comentó Ren.

Luke soltó una breve carcajada, pero en secreto deseó que Ren no fuera tan simpática con él. Eso le hacía sentir aún peor si cabe. No había ni rastro de la Orden por allí dentro. De todos modos el silencio se fue apoderando del grupo según se aproximaban a la salida. El fresco aire de la noche alivió el escozor de su piel y la luz de la luna bañó el túnel cuando los tres se acercaron despacio a la salida. Antes incluso de que llegaran a la recia verja, vieron los rayos de las linternas y oyeron la charla apagada de sus perseguidores. Pero los sicarios de la Orden ya no se encontraban al otro lado de la entrada.

—Se están alejando —susurró Álex. Luke se asomó y vio el blanquísimo cogote de Peshwar, que reflejaba la pálida luz de la luna con un fulgor espectral. Se retiraban despacio. Era una buena noticia, pero a Luke se le cayó el alma a los pies.

—Deberíamos marcharnos ahora, antes de que cambien de idea o envíen a alguien de vuelta —cuchicheó Ren.

Álex asintió:

—Si nos agachamos y no hacemos ruido, podemos escabullirnos en sentido contrario.

El valle se extendía ante ellos y la mortífera partida de caza se alejaba por detrás. Su primo tenía razón, pensó Luke. Tenían muchas posibilidades de escapar sin ser vistos.

Sin embargo, Luke no podía consentirlo. No teniéndolos tan cerca. No si los otros podían verlo y comprender que había ayudado a sus compañeros.

La cabeza le daba vueltas y tenía las tripas revueltas. Por un momento, temió vomitar allí mismo. Casi lo deseaba. Le ahorraría el trabajo. No podía creer que se hubiera metido en ese lío.

Al principio le había parecido tan fácil... Únicamente querían información. Y se la habían pagado bien. Tan bien como para contratar un entrenador personal, comprar el mejor equipo y conseguir todo aquello que necesitaba para hacer su sueño realidad.

Pero luego habían ido más lejos; mucho más lejos. Luke había intentado librarse de ellos. Había intentado renunciar. Pensó que dejar fuera de combate a aquel tío del tren los convencería de que no pensaba seguir cooperando. Y entonces hizo aquella última llamada en Lúxor.

Se llenó los pulmones del fresco aire nocturno.

Durante unos cuantos pasos, no hizo nada más. Pero luego se obligó a recordar aquella llamada, la amenaza que habían proferido: *Los mataremos. Mataremos a tus padres.*

—¡Eh! —gritó—. ¡Estamos aquí!

Álex y Ren se volvieron a mirarlo rápidamente y la luz de la luna dibujó con delicadeza la sorpresa de sus semblantes. Al cabo de un momento, los pisotones de varias botas contra la arena resonaron en la noche.

—Lo siento —dijo Luke, que se forzó a mirar a sus amigos a los ojos como castigo.

—Luke... —se horrorizó Álex, cuya voz dejó traslucir tanto dolor y decepción que el corazón de Luke se rompió en mil pedazos.

—No tenía más remedio —se disculpó él en un tono igual de intenso.

173

—No me lo puedo creer —musitó Ren, que se resistía a aceptarlo—. ¿Tú eres el topo?

Luke bajó la vista, aunque las expresiones de sus amigos ya se habían grabado a fuego en su memoria.

—Lo siento —repitió. Acto seguido se incorporó todo lo alto que era y señaló a sus camaradas agachados—. ¡AQUÍ! —volvió a gritar.

Extrema gravedad

Para Álex, lo peor de todo fue darse cuenta de que no le costaba creerlo. Había querido pensar que su primo, mayor y mucho más guay que él, de verdad lo apreciaba, realmente era su amigo. Y quizá lo había deseado demasiado, porque los recuerdos desfilaban ahora por su mente como rápidas instantáneas. Cada vez que Luke se había escabullido para llamar por teléfono… y cada vez que la Orden los estaba esperando cuando llegaban a su destino. Y no solo en Egipto. Recordaba cómo Luke había «entretenido» a los sicarios el tiempo suficiente para que Álex llegara al museo de Londres. Recordaba a Ren inconsciente en el suelo y la extraña sensación de que todos los demás lo estaban esperando… Ya entonces le habían tendido una trampa.

La descarga de un rifle y el silbido de una bala lo trajeron de vuelta a la horrible realidad. Luke echó a correr, no tanto hacia los cazadores como lejos de la presa. Álex lo vio marcharse y otros recuerdos partieron con él. Los de todas aquellas veces en que su primo les había ayudado, les había salvado. ¿Acaso solo lo había hecho para ganarse su confianza? El cielo se tiñó de rojo.

Una daga de energía restalló con violencia en el arenoso terreno, justo a los pies de Álex. Durante un segundo, la luz iluminó a la pareja de amigos con absoluta claridad en la oscuridad de la noche. Una ráfaga de tiros atronó acto seguido, y los dos se echaron al suelo para protegerse.

Ren emitió un ruidito, como un gañido, al caer.

—¿Te han dado? —preguntó Álex, tragando saliva.

—Estoy bien —jadeó Ren.

La noche volvió a teñirse de rojo. Otra daga de energía zumbó sobre la cabeza de Ren. Peshwar afinaba el tiro según se acercaba. Los rifles resonaban bajo la luz escarlata, pero igual que la lluvia de balas volaba en un sentido, Álex envió una ola de viento y arena en el otro. Vuelto hacia el enemigo con el brazo derecho extendido, Álex notó cómo una bala atravesaba la tela de su mochila. El impacto lo empujó unos centímetros hacia atrás… los mismos por los que falló la siguiente bala.

—¡Al chico, no! —oyó gritar a Peshwar—. Matad a la pequeña, a la chica.

Aquella era su peor pesadilla. Que su mejor amiga pagase por la vida de Álex con su propia vida.

Mientras otra daga surcaba la noche, Álex y Ren se apresuraban de vuelta al único refugio que el valle bañado de luna ofrecía: la tumba de Tutankamón. Álex cerró la puerta tras de sí con la mano y luego perdió unos segundos preciosos asegurándola con su amuleto. No se hacía ilusiones: dudaba de que la puerta de una jaula pudiera detener a una leona, pero quizá los ayudara a ganar tiempo.

Corriendo como flechas, se internaron en la impenetrable negrura del sepulcro acompañados de los gritos y pisotones que resonaban a su espalda.

—¡Nos estamos metiendo en una ratonera! —protestó Ren.

—El portal secreto… —alegó Álex.

—Pero Luke… —objetó Ren—. Luke lo conoce.

—Puede que no consigan abrirlo. Es nuestra mejor baza.

Y ahora que habían entrado en la tumba otra vez, era la única que tenían.

Se apresuraron por el interior del sepulcro que empezaban a conocer bien. Los golpes metálicos que sonaban a su espalda los indujeron a apurar el paso según atravesaban la cámara del tesoro.

El extraño portal se había cerrado a medias desde que lo cruzaran hacía un rato; protegía sus secretos como quien cura una herida. Ren atravesó a toda prisa la estrecha abertura y Álex torció el cuerpo para seguirla.

Una vez dentro, se volvió a mirar el menguante portal. *Deprisa, puertecita*, la apremió mentalmente.

—Venga —cuchicheó Ren.

Con los haces de sus linternas bailando delante de ellos, atravesaron el túnel como alma que lleva el diablo. Llegaron al segundo umbral y Álex se giró de lado hundiendo el pecho al mismo tiempo para cruzarlo.

—Puede que no encuentren la entrada —dijo mirando hacia atrás; pero un momento después, un rayo de luz asomó por la parte alta del túnel. Varias voces resonaron en el pasadizo y luego pasos. El primer portal no se había cerrado a tiempo. Los amigos observaron desde dentro cómo el segundo umbral quedaba sellado por fin. Estaban encerrados en la antigua cámara subterránea.

Ambos sabían que allí tendría lugar la última batalla.

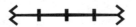

Ren paseó la linterna a un lado y a otro con el fin de confirmar que Akhenotra seguía fuera de combate. Recordó la advertencia de Todtman. Sin los Conjuros Perdidos, los Caminantes podían volver.

Oía a Álex respirar a su lado.

—¿Y ahora qué hacemos? —preguntó.

—Esperar, supongo —respondió él en susurros—. Intentaré mantener esta puerta cerrada: mi amuleto contra su máscara.

—¿Y si no funciona?

—En ese caso, lucharemos.

Ren asintió. Para él era muy fácil decirlo. Su amuleto se podía emplear como arma. El de Ren, en cambio, resultaba más desconcertante que peligroso. En ese momento, recordó algo. Barrió el suelo con el haz de la linterna hasta que la luz rebotó hacia ella. Se agachó para recoger la espada de Tutankamón, todavía caliente al tacto.

—¿Sabes usarla? —le preguntó Álex cuando Ren regresó a su lado.

—Ni idea —reconoció ella.

Dos golpes rápidos cortaron la conversación en seco.

—Están aporreando la pared —dedujo Álex—. Con un rifle o algo parecido.

Otro golpe y luego silencio.

—Si entran… —empezó a decir Ren. A pesar del calor que todavía inundaba la cámara, fue presa de un gélido estremecimiento solo de imaginarlo. Un montón de hombres armados irrumpiendo en la sala, seguidos de la leona…

—No tenemos muchas posibilidades —reconoció Álex con voz queda, confirmando así los miedos de su amiga—. Si hubiera otra salida. Algún otro…

El rayo de su linterna recorrió la pared y se detuvo.

—¡Allí! Veo un…

Pero su voz se apagó. Se trataba de la puerta falsa, nada más. La muesca entre las columnas no era sino una sólida roca pintada de un rojo anaranjado. Un portal simbólico para los muertos, pero un callejón sin salida para los vivos.

La pared se agrietó detrás de ellos y una luz eléctrica iluminó la rendija vertical. Álex asió su amuleto y, luchando contra la magia de Peshwar, se concentró en volver a cerrar el muro. Pero cuatro fuertes manazas asomaron por el hueco y empezaron a empujar. La abertura se ensanchó.

Álex soltó el escarabeo. Ren y él corrieron a esconderse detrás del altar, el único refugio que ofrecía la sala, casi tropezando en sus prisas con el cadáver acurrucado del Caminante de la Muerte. Cuando el umbral se abrió completamente, la luz inundó la sala. Se acuclillaron detrás de la losa de piedra en el instante en que un farol eléctrico iluminó la estancia. Era igual que participar en un triste juego del escondite; un juego que no podían ganar y cuyo precio no se podían permitir.

El chico se arrimó hacia su amiga y susurró:

—Cuando entren, arremeteré contra ellos con todas mis armas. Si consigo mantenerlos a raya el tiempo suficiente, a lo mejor puedes escabullirte…

—No —lo interrumpió Ren en voz demasiado alta—. No te voy a dejar aquí solo.

Notó el peso de la espada en la mano y comprendió su inutilidad.

Cuando las voces sonaron en el interior de la cámara y el farol redujo su escondrijo a un menguante foso de sombras, Ren depositó el arma en el suelo, despacio.

Momentos después, Álex susurró una última palabra —«prepárate»— y Ren asió su amuleto.

El escarabeo de Álex era tan poderoso… Los había sacado de apuros en varias ocasiones. El ibis, por su parte, les fue útil en Londres pero aquí, en Egipto, había mudado en un arma de doble filo, que tanto los confundía como los ayudaba. *¿Por qué?*

Ren no entendía las palabras de la leona, pero oía sus pasos, que sonaban cada vez más cerca. Sabía que su mejor amigo estaba a punto de dar la cara y luchar, y que su última batalla empezaría y terminaría en aquella cámara.

¿Qué estoy haciendo mal?, se preguntó Ren. *Me estoy esforzando más que nunca. Lo intento con todas mis fuerzas, en cada ocasión…*

Y así, sin más, creyó conocer la respuesta. Solo había un modo de estar segura. Mientras rodeaba despacio el amuleto con la mano, ideó su propio mantra. Los cazadores estaban demasiado cerca para susurrarlo, así que lo pronunció mentalmente.

No debía sus sobresalientes únicamente a los exámenes. Se exigía demasiado y, como consecuencia, se bloqueaba o se hacía un lío en ocasiones. Sin embargo, cuando solo pretendía subir nota, ya fuera mediante trabajos o pruebas escritas, entonces obtenía las mejores calificaciones. Porque en esos casos no podía equivocarse. Siempre sumaban, nunca restaban. Sin presiones, todo gratis para quien lo quisiera.

Solo voy a subir nota, dijo para sus adentros. *Todo lo que el ibis me ofrezca será más de lo que tengo ahora.* No forzó la vista ni contuvo el aliento. Se limitó a cerrar los ojos y dejó que las imágenes acudieran a su antojo. Para su sorpresa, solo vio una imagen esta vez. Simple y nítida.

—Álex —dijo al tiempo que abría los ojos.

Pero Álex ya se estaba levantando. Aferraba su propio amuleto y una ráfaga de viento, súbita y poderosa, arrastró las palabras de Ren. Al momento el chico se agachó otra vez y ella volvió a intentarlo:

—¡Álex!

Pero los disparos y el chasquido de una daga de energía ahogaron su grito. Las balas arrancaron trocitos de piedra de la pared del fondo y la energía escarlata estalló en el frontal del altar iluminando la cámara como un alba rojiza.

—Ríndete ahora u os mataré a los dos —gritó Peshwar en inglés—. Nunca ha sido mi deseo perdonarte la vida.

Ren chilló al oído de Álex:

—¡Envía otra onda expansiva y luego corre lo más deprisa que puedas hacia allí!

Señaló la puerta falsa pintada en el muro, a su derecha.

Mientras lo hacía, vio asomar la punta de un pie por un lado del altar. Uno de los sicarios había llegado hasta ellos. Ren deslizó la mano al suelo y en un solo gesto, mientras la bala se deslizaba a la recámara del rifle que asomaba en lo alto, levantó la espada y la dejó caer.

—¡AAAAAAAH! —aulló el hombre, que ahora sangraba profusamente por la punta del pie.

—¡Olvídate de él! —gritó Ren. Soltó la espada para aferrar el hombro de Álex—. ¡Ve!

Se levantaron de un salto y echaron a correr junto al pistolero que acababa de perder medio pie. Álex hizo girar la mano libre para liberar un remolino de aire concentrado que contuviera a sus atacantes, pero un resplandor rojo inundó la estancia.

Mientras la daga de energía surcaba el aire directamente hacia ellos, Ren se precipitó hacia la puerta falsa arrastrando a Álex tras de sí.

—¿Qué haces? —aulló él.

—¡Confía en mí! —vociferó su amiga. Ahora le tocaba a Ren tomar la iniciativa, aunque no las tenía todas consigo. Se había visto a sí misma traspasando aquel umbral. Si se equivocaba…

—¡Espera! —le pidió Álex, sin dejar de correr.

Ren se preparó para estamparse contra la piedra, para la posibilidad de un impacto, según se abalanzaba de cabeza a la puerta falsa. En lugar de chocar, experimentó una sensación extraña, como una repentina ingravidez.

Acababa de traspasar la pared… y de abandonar el mundo tal como lo conocía.

Apareció en una región sumida en un extraño ocaso, tan solo iluminada por el pálido fulgor del lejano horizonte. Tenía la sensación de estar suspendida en algún líquido invisible y los oídos le zumbaban con fuerza. El mundo que la rodeaba era vago y onírico, pero notaba una especie de vibración a su alrededor, como la que emite un cable de alta tensión, y supo en su más fuero interno que era tan real como peligrosa.

Transcurrido un instante, volvió a notar el peso de Álex en la mano. Su amigo acababa de traspasar el umbral. Le aferró el brazo con fuerza pero no se atrevió a mirar atrás.

A su alrededor, extraños suspiros y sonidos competían por su atención. Voces humanas, rostros humanos y otras voces, otras formas. Ren vio una luz más intensa delante de ella, un recuadro resplandeciente. Corrió hacia él con movimientos lentos, que le costaban un gran esfuerzo. Arrastró a Álex tras de sí, horrorizada ante la posibilidad de perderlo.

Intentó llamarlo, pero no tenía oxígeno en los pulmones ni lo había a su alrededor. Y pese a todo se sentía bien, como si jamás hubiera precisado aire para respirar.

Una enorme serpiente apareció a lo lejos, larga como dos autobuses en fila; una imagen de pesadilla. Ren agrandó los ojos. Corrió más deprisa, tiró de Álex con más fuerza. El recuadro de luz estaba allí mismo, y ya no le cabía duda de lo que era. ¿Podría alcanzarlo antes de que la espectral serpiente los alcanzase a ellos?

El monstruo abría la boca ahora, un abismo de negrura tras unos colmillos largos y grises. Otro paso, otro tirón, y la luz del portal los engulló. La serpiente se desvaneció en el recuerdo.

De nuevo oscuridad.

—¿Álex? —preguntó Ren, sorprendida de notar aire en los pulmones.

Silencio, y luego…

—Hum. Aire acondicionado.

Ren dejó caer la mano y palpó baldosas frescas. Estaban tendidos en el suelo. El aire que los envolvía era fresco, casi frío.

Se incorporó sobre una rodilla y sus ojos se adaptaron despacio a la tenue luz. Grandes ventanales se alineaban en la pared enmarcando un paisaje nocturno desconocido para ella. En el interior, un suave fulgor eléctrico que Ren conocía de toda la vida.

—Es un museo —exclamó—. Estamos en un museo.

No sabía en qué museo, ni dónde se encontraba, pero tenía muy claro en qué sección estaban. La falsa puerta egipcia de miles de años de antigüedad que tenían detrás no dejaba lugar a dudas.

Epílogo
Verdad y consecuencias

Todavía mareado, Álex se concedió un instante para observar el entorno. El ambiente del museo sosegó una pizca sus alterados nervios según se inclinaba hacia delante para leer una pequeña placa informativa de color plata. Conocía bien aquella lengua. Su padre era egipcio, pero la familia de su madre…

—Es alemán —susurró.

—¿Estamos en Alemania? —se extrañó Ren.

—No lo sé —reconoció Álex. Infinidad de preguntas flotaban en su cabeza, demasiadas para enumerarlas y mucho menos responderlas. A través de un ventanal, atisbó la plácida noche del exterior, donde unas farolas elegantes y modernas emitían un fulgor pálido—. Puede ser —añadió.

—¿Cómo es posible? —preguntó Ren.

Álex negó con la cabeza. Se sentía como un barquito cabeceando en las olas de la incredulidad.

—Ni idea.

Pero Ren insistió.

—¿Acabamos de viajar por…?

—Creo que sí —admitió Álex tanto ante sí mismo como ante ella—. Acabamos de viajar por el más allá.

Una expresión de horror asomó al semblante de Ren, que se miró su propia mano como temiendo que hubiera mudado en la de un esqueleto.

—No pasa nada —dijo Álex—. Creo que las puertas falsas y los amuletos, tu amuleto…

Sonrió a su amiga. Sin embargo, cuando avanzó un paso hacia ella, su pie traspasó un rayo láser invisible y el ultramoderno sistema de seguridad del museo convirtió la sala en un espectáculo de fuegos artificiales, con luces intermitentes y estrepitosas sirenas.

No sabían lo que hacían —ni adónde iban—, pero a esas alturas se habían convertido en unos escapistas consumados. Siguieron las brillantes flechas que indicaban la salida mientras gritos y fuertes pisadas se unían a la cacofonía.

Ren fue la primera en divisar los portalones de entrada y los alcanzó unos segundos antes que Álex. Echando un vistazo hacia atrás, el chico vio a una pareja de vigilantes que bajaba deprisa y corriendo una escalinata de mármol. Se volvió hacia los portalones de nuevo y buscó su amuleto para forzarlos.

Su amiga, sin embargo, ya había echado mano de su propio talismán. Antes de que Álex llegara siquiera a asir el escarabeo, un fogonazo blanco brilló en el puño cerrado de Ren acompañado de un fuerte chasquido.

—¡Ya está! —dijo ella.

Cuando Álex la miró, una extraña mezcla de sorpresa y orgullo se extendió por su rostro.

—Eso es nuevo —atinó a decir.

—¡Tú empuja! —replicó ella.

Los amigos cruzaron la puerta a empellones y se internaron en la noche como alma que lleva el diablo. Álex experimentó una sensación ambigua, tanto de libertad como de frustración, de victoria y de dolor al mismo tiempo. No habían recuperado los Conjuros Perdidos y habían perdido a un amigo, pero habían eliminado a un Caminante de la Muerte. Había hallado rastros de su madre pero al final tuvieron que conformarse con un nombre del pasado. Angela Felini había cuidado de él... y se había marchado. ¿Acaso su madre intentaba decirle que ella también se disponía a partir? La idea era aterradora, pero... A saber.

En cambio, sabía muchas otras cosas: aún tenían trabajo pendiente y la época de las niñeras había pasado a la historia. *¿Estaba solo, pues?* Miró a su mejor amiga, la misma que blandía un amuleto parecido al suyo y era capaz de cortar en dos un pie, ahora corriendo a su lado. *Ni mucho menos.*

Un sicario de la Orden había inmovilizado a Luke sujetándole el brazo contra la espalda. Plantada delante de él junto a la entrada de la tumba, estaba Peshwar.

—Mira, Peshwawa o como te llames... He hecho lo que me pediste —alegó Luke en su defensa.

—Nos has fallado —replicó ella con su voz dura y rasposa—. Otra vez.

—¿Qué? —protestó Luke—. Y... O sea, vale, tuve que hacer unas cuantas cosas para «ganarme su confianza», como tú dijiste, pero aun así... O sea, ese tío del tren ya estaba inconsciente cuando yo llegué.

—No me refiero a eso, aunque sé perfectamente que estás mintiendo —replicó ella en un inglés tan impecable y desapasionado como su árabe—. Gritaste antes de tiempo. Tuvieron tiempo de volver a entrar en la tumba y escapar... por ahora.

—Eh —objetó Luke—. Mi trabajo consistía en proporcionaros información… o entregaros a Álex. Lo intenté. Yo no tengo la culpa de que se os cayera el balón.

Ella lo abofeteó con fuerza. La sorpresa lo desconcertó más que el dolor… aunque tampoco fue cosa de risa. Forcejeó para liberarse, pero el sicario le retorció el brazo. Eso también le dolió.

—Soltadlo —ordenó Peshwar.

—¡Sí! —exclamó Luke, que agitó los brazos con aire dramático cuando el hombre retiró las manos—. Así me gusta —se volvió a mirar a Peshwar—. ¿Y ahora qué?

Ella lo estudió en silencio y luego decidió:

—Te largas por piernas, niño. Eso es lo que viene ahora.

Luke escudriñó las negras cuencas que ocultaban los ojos de la mujer y de repente lo entendió. Puede que tardara un poco más que el común de los mortales, pero acabó por atar cabos. Sus compañeros se habían marchado. La Orden ya no lo necesitaba para nada. Y ahora que su coartada se había esfumado, jamás volverían a requerir sus servicios.

—Esta es tu recompensa —decretó la leona—. La oportunidad de salvarte.

Sin pronunciar palabra ni mirar atrás, Luke dio media vuelta y echó a correr por el valle. Llevaba años entrenando y lo hizo todo bien: postura perfecta, óptima longitud de zancada…

No le sirvió de nada.

El valle se tiñó de un rojo pálido ante él.

Alargó el paso y se inclinó hacia delante como buscando con el cuerpo la línea de meta. Y la carrera había llegado a su fin, desde luego que sí. Cuando la daga de energía se le clavó en la espalda, Luke oyó un chasquido sordo y experimentó un horrible dolor, uno que superaba todo lo imaginable.

Cayó al duro suelo del desierto, de bruces y en mitad de una zancada, como un gamo abatido en plena huida.

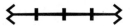

Malvados instintos revoloteaban alrededor de Todtman, impulsos asesinos tan intensos que prácticamente adquirían presencia física. Los ahuyentó lo mejor que pudo mientras, con la mano en el amuleto y clavando la punta de goma del bastón en el cementado piso del almacén, avanzaba a paso vivo sin despegarse de la pared. En alguna parte de los subterráneos de aquel enorme edificio se ocultaba el cuartel general de la Orden. Estaba seguro. Sin embargo, algo lo detuvo en seco según avanzaba por la tenebrosa nave.

No fue una puerta ni un guardia lo que le llamó la atención.

Fueron cinco bloques de piedra inmensos, cada uno el doble de alto que él y de toneladas de peso. Examinó el primero. La superficie estaba tallada pero desgastada. El azote del arenoso viento del desierto a lo largo de miles de años había limado las aristas. Y entonces, en una esquina, descubrió una intervención más deliberada.

Alguien había tallado la piedra; la había esculpido. La forma resultante era inconfundible. Un brazo enorme, musculoso, grueso como el tronco de un árbol, y en el extremo…

Una mano, pensó Todtman. *Pero qué mano*. Una mano de piedra tan grande y tan fuerte que uno la creería capaz de controlar el mundo entero.

Un pensamiento malvado se coló en su mente, aunque no supo si era suyo o ajeno: *con ese fin, exactamente, fue construida esta monstruosidad.*

PUCK

AVALON

Libros de *fantasy* y *paranormal* para jóvenes con los que descubrir nuevos mundos y universos.

LATIDOS

Los libros de esta colección desprenden amor y romance. Ideales para los lectores más románticos.

LILIPUT

La colección para niños y niñas de 9 a 14 años, con historias llenas de aventuras para disfrutar de verdad de la lectura.

SERENDIPIA

Una serendipia es un hallazgo inesperado y esto es lo que son los libros de esta colección: pequeños tesoros en forma de historias contemporáneas para jóvenes.

SINGULAR

Libros *crossover* que cuentan historias que no entienden de edades y que puede disfrutar tanto un niño como un adulto.

¿Cuál es tu colección?

Encuentra tu libro Puck en:
www.mundopuck.com

🐦 puck_ed
f mundopuck

ECOSISTEMA DIGITAL

Alfabeto Jeroglífico

A	J	SH
B	K	T
C	L	TH
CH	M	U
D	N	V
E	O	W
F	P	X
G	Q	Y
H	R	Z
I	S	